D1718633

DE LEUGEN

CHARLES DEN TEX
FRED DIKS

𝄞OLT

Amsterdam 2023

Dit is deel 1 in de *Rollercoaster Six*-serie

Dit boek is lokaal gedrukt bij Wilco BV en is volledig CO2-neutraal geproduceerd op FSC®-gecertificeerd papier.

Eerste druk, 2023

Omslag Caren Limpens
Vormgeving binnenwerk Zeno

ISBN 978 90 214 7596 7 / NUR 284
www.uitgeverijvolt.nl

HOOFDSTUK 1

SLECHTE FILM

Het is donker. Pikkedonker. Bewegingloos zit Shoda op een gammele, oude kruk. Ze ruikt aan haar kleren, die nat zijn geworden van de regen. Ze stinken nog erger dan een natte hond. Haar hoofd hangt omlaag. Ze is uitgeput.

Ik kan niet meer, denkt ze, ik wil niet meer!

Haar ademhaling is onregelmatig. Ze rilt over haar hele lichaam. Haar natte haren hangen als slierten voor haar gezicht. Ze denkt terug aan de afgelopen uren. Dit kán niet echt gebeurd zijn. Het is vreselijk. Hoe komt dit ooit weer goed? Het voelt alsof ze in een slechte film is beland.

Ik wou dat ik in slaap kon vallen en nooit meer wakker werd. Dan zijn alle problemen opgelost en ben ik vrij, schiet het door haar hoofd.

Shoda komt overeind en strekt haar armen. Automatisch gaan de lampen in het kille hok aan. Op de grijze muren wemelt het van de spinnenwebben. Skeletten van ratten en muizen liggen op de grond. Lege, verroeste metalen stellingen herinneren aan de tijd dat de ruimte een voorraadhok was.

Ze zucht diep en snikt onophoudelijk. Ik trek het niet meer, denkt ze. Ik ga echt kapot. Kapot! Zou Lucas me kunnen helpen? Of Isabel? Of de rest van mijn vrienden? Vast niet! Ze zullen er nooit achter komen waar ik ben.

Met haar mouw veegt ze haar gezicht droog. Ze heeft zich nog nooit zo rot gevoeld, alsof er een zware steen op haar maag drukt. Zo voelt verlatenheid dus.

Wat een shitzooi. Hoe kom ik hier ooit uit? Kan ik terug naar huis, terug naar mijn vrienden? Maar hoe dan? Misschien was het beter geweest als ik nooit was geboren.

Ze gaat staan en voelt aan haar vochtige jeans. Door het lange zitten heeft ze weinig gevoel in haar benen. Ze ijsbeert door de ruimte. Nieuwe vragen komen in haar op: kan ik hier weg? Moet ik nog lang hier blijven? Wordt het ooit weer zoals vroeger? Kan ik me ooit nog gelukkig voelen? Hoe dan?

Op tv ziet ze vaak reclames met gezinnen die heel blij met elkaar zijn. Alsof ze een ideaal en perfect leven hebben. Wat een bullshit, denkt ze. In het echte leven gaat het heel anders.

De stilte in de ruimte wordt verbroken door een geluid van buiten. Alsof er iemand op een tak stapt.

Brekend hout. Komt die iemand binnen? Of is het de wind?

Ik moet nú wat doen, denkt Shoda. Maar wat?

Ze loopt naar de deur om te kijken of er iemand is. Ze is bang voor de confrontatie. Maar als ze door een smal gangetje loopt, ziet ze dat de zware ijzeren deur dicht is. Ze wil hem opendoen, maar krijgt er geen beweging in. De deur zit potdicht. Hij is met geen mogelijkheid open te krijgen.

Haar tranen stromen. In een hoek van het hok liggen stukken karton. Die trapt ze plat en ze gaat erop liggen. De betonnen vloer is hard en koud. Als het licht weer uitfloept, ligt ze in het donker.

HOOFDSTUK 2

WAAR BEN JE?

De zoemer is al gegaan en Shoda is er niet.

Dex kijkt om zich heen. De anderen zijn er wel: Kaan, Isabel, Lucas en Oscar. Alleen Shoda ontbreekt en dat klopt niet. Ze is er altijd als eerste. Dus waar is ze?

Dex en Kaan lopen door de lange gang van het oude schoolgebouw. Het is maandagochtend, de centrale hal van de school stroomt vol. Het is er vet druk. Vlak voordat ze het lokaal ingaan komen ze bij elkaar: zes vrienden min één. Min Shoda.

Dex voelt een rilling over zijn rug lopen. Dat heeft hij wel vaker, dan voelt hij dingen waarvan hij niet weet wat hij ermee aan moet. Daarom zit hij liever in een game, dan hoeft hij er tenminste niets mee. Maar nu kan hij het gevoel niet negeren.

Stemmen echoën onder de hoge plafonds. De tweeaan-twee-opstelling in de lokalen geeft wel iets minder een groepsgevoel, toch zitten ze bij elkaar.

Ze zijn met z'n zessen en ze zijn bijna altijd samen: Shoda, Isabel, Oscar, Lucas, Kaan en Dex. Tijdens een excursie naar de Belgische Ardennen, zo'n drie maanden geleden, hebben ze angstige uren doorgemaakt. In een van de grotten daar raakten ze verdwaald. In die uren hebben ze elkaar echt leren kennen en is hun band sterker geworden. Hoe verschillend ze ook zijn.

'Ik weet niet waar ze is,' zegt Kaan, terwijl hij zijn rugzak naast zijn tafel zet. Hij vindt muziek het allerleukste vak. Ook gaat hij twee keer per week naar de muziekschool voor zanglessen. Later wil hij zanger worden. Hij stoot Isabel aan. 'Heb jij haar gezien?'

Isabel is verbaasd. 'Shoda is gisteren nog bij me geweest. We hebben smoothies gemaakt met spinazie, bleekselderij, bananen en mango.'

'Boeien,' zucht Oscar. 'Kom op, *let's go!*' Oscar is altijd druk, wil altijd iets te doen hebben. Daardoor lijkt hij soms niet zo geïnteresseerd, maar dat is hij juist wel. Hij is eigenlijk heel trouw en behulpzaam. Soms lijkt het net alsof hij twee verschillende jongens in één is.

'Wel supergezond,' vervolgt Isabel. Ze weet alles over vezels, vitaminen en mineralen. En over calorieen. Ze is zich superbewust van haar lijf en hoe ze zich voelt. Haar moeder heeft een sportschool en die is net zo. Dat is af en toe best vermoeiend maar ook wel tof, haar moeder is niet zoals andere moeders.

Isabel wrijft over haar gespierde buik. 'Die ananas-smoothie met kokosmelk, siroop en ijsblokjes vond ze hartstikke lekker. En we hebben nog havermelk gedronken. Dat kende ze helemaal niet. Havermelk is echt heel belangrijk, want als over twintig jaar de meeste koeien zijn verdwenen, kun je toch melk blij-ven drinken.'

'Hallo,' zegt Oscar, 'het gaat even niet om jou, maar om Shoda.'

Isabel denkt na. 'Is ze soms ziek?'

'Misschien heeft ze last van de maandagmorgen-ziekte,' vermoedt Lucas. 'Dat ze stiekem veel te lang in bed series heeft gekeken en nu moet bijslapen.' Lucas heeft een grote koptelefoon om zijn nek hangen die hij over zijn oren schuift. Hij doet nonchalant, maar eigenlijk is hij best zenuwachtig. Met die koptelefoon op kan hij zijn zenuwen beter in bedwang houden.

Isabel pakt haar telefoon. 'Ik stuur haar wel even een appje.'

'*All phones away. Now!*' Ze schrikken van de harde stem van meneer Fransen.

'Ja, maar...' probeert Isabel.

'*Now!*'

Ze zijn al bijna anderhalf jaar gewend aan tweetalig onderwijs. Ze kennen al veel Engelse woorden en op internet en Instagram gaat ook bijna alles in het En-gels. Ze hebben wel moeite met de schreeuwstem van Fransen.

'Ik app haar wel in de pauze,' fluistert Isabel.

'*In English, please!*' buldert Fransen. Hij moet nog een halfjaar uitzitten voordat hij met pensioen mag. Hij wacht tot iedereen is gaan zitten, checkt de aanwezigheid en constateert dat Shoda er niet is. Ze zien hem een aantekening maken. Dat is alles. Voor hem betekent haar afwezigheid niets bijzonders.

De middagpauze is een soort festival: iedereen loopt door elkaar te praten, te rennen en te zingen. In de kantine is het een geroezemoes van jewelste. Meer dan tweehonderd scholieren banen zich een weg langs een van de counters waar je eten en drinken kunt bestellen. Soms gaan de zes vrienden naar de buurtsuper voor chips, frikandelbroodjes, chocola en blikjes energydrink. Behalve Isabel, die heeft altijd haar eigen eten bij zich. Dit keer plantaardige yoghurt met blauwe bessen, havermoutvlokken en muesli. In één hand houdt ze haar bakje eten vast, met de andere pakt ze haar telefoon. Direct na de les heeft ze Shoda een appje gestuurd.

> Hi lieverd. Ben je ziek? Zal ik straks langskomen?
> Xxx

Ze kijkt naar de vinkjes en ziet dat Shoda sinds gisteravond half tien niet meer online is geweest. 'Shoda heeft nog steeds niet gereageerd,' zegt ze. 'Ik ga nu bellen.' Isabel is niet alleen heel erg bezig met gezond eten, ze is ook heel snel en supergeorganiseerd. Ze noemen haar ook wel *boss* omdat ze alles regelt.

Ondertussen worden ze wel een beetje bezorgd. De hele ochtend is voorbijgegaan zonder een bericht van Shoda. Sinds hun tijd in de grot is dat nog niet gebeurd. Ze hebben elke dag contact met elkaar, al is het maar voor de zekerheid.

'Eerst een rustig plekje zoeken,' stelt Dex voor. 'De gymzaal is vrij.'

Ze hollen naar de jongenskleedkamer van de gymzaal waar een doordringende zweetgeur hangt.

'Gatver!' Isabel knijpt haar neus dicht. 'Douchen jullie nooit na gym?'

'Daar hebben we nooit tijd voor,' stelt Oscar. 'Wat op zich wel jammer is, want...'

Hij maakt zijn zin niet af, omdat Isabel haar telefoon op speaker zet. Samen luisteren ze naar het geluid van de telefoon die overgaat. Het is een spannende stilte, omdat ze allemaal hopen dat ze de stem van Shoda zullen horen. Maar ze neemt niet op en er komt niet eens een mogelijkheid om iets in te spreken.

'Dit is raar,' zegt Lucas. 'Normaal schakelt-ie automatisch door naar voicemail. Laat mij maar even proberen.' Hij pakt zijn eigen telefoon en zijn vingers schieten over het scherm. Niemand is zo goed en zo snel met een telefoon als Lucas. Soms lijkt het wel of hij ermee in zijn hand is geboren. Bovendien heeft zijn telefoon apps en functies waar de anderen nog nooit van gehoord hebben. 'Wacht maar,' zegt hij. 'Ik kan haar tracken.'

'Wat?' Isabel klinkt verbaasd. 'Kun je haar volgen? En ons ook?'

'Dat is helemaal niet moeilijk,' zegt Lucas met onderkoelde stem.

'Dus als ik op de wc zit, weet jij dat ook?'

'Theoretisch gezien wel.'

Isabel tikt haar wijsvinger tegen haar voorhoofd. 'Je bent gestoord, smeerlap. Waar ben je mee bezig? Heb je weleens van privacy gehoord?'

'Ik doe het alleen in geval van nood.' Lucas gebaart dat ze niet ongerust hoeft te zijn en concentreert zich. Even later zegt hij: 'Shoda is gewoon thuis.'

Ze halen opgelucht adem.

'Maar waarom neemt ze dan niet op?' vraagt Dex zich af.

'Dat gaan we haar gewoon even zelf vragen,' zegt Oscar. 'Dat gedoe met die telefoon. Kom op!' Als Oscar iets wil weten gaat hij eropaf. 'Zullen we een middagje spijbelen? Dan gaan we op ziekenbezoek bij Shoda.'

Isabel twijfelt.

Dex zucht. 'Als ik spijbel mag ik een maand lang het huis niet uit en krijg ik een gameverbod. Dat overleef ik echt niet.' Dat is waar, als hij spijbelt krijgt hij huisarrest, zo is zijn moeder. Maar als hij eerlijk is durft hij eigenlijk niet.

Spijbelen is serieus, dat weten ze allemaal. Maar ze weten ook dat Oscar gelijk heeft. Dit is de enige manier om erachter te komen waar Shoda is.

'Weet je wat?' zegt Isabel. 'Ik meld me ziek bij de

conciërge en zeg dat mijn moeder me een erwtenei-witguavepulpsmoothie heeft gegeven die over de datum was.'

'Een wát?' vragen de anderen in koor.

'Precies,' zegt Isabel. 'Niemand weet wat dat is en dat gaan ze niet vragen ook. En dan zeg ik dat jullie het wilden proeven en dat we allemaal moesten overgeven.' Zo organiseert ze alles, in hoog tempo. Het valt niet altijd mee haar bij te houden.

'Wie gaat er mee?'

'Wie blijft er dan hier?' vraagt Kaan. 'Stel dat ze opeens komt opdagen.'

'Als jullie naar haar huis gaan, blijven Kaan en ik hier,' zegt Lucas.

Dex aarzelt nog. Hij wil graag mee met Oscar en Isabel, maar daar moet hij wel iets voor overwinnen. Dex is een gamer, pas achter zijn scherm voelt hij zich op zijn gemak. Daar kent hij de wereld en de andere spelers. Daar verdwaalt hij niet. Buiten de games is hij onzeker. Het is net alsof hij dan minder goed weet wie hij is.

'Ik wil ook mee,' zegt Oscar. 'Ze antwoordt niet op appjes, neemt haar telefoon niet op... Dat doet toch niemand? Dit klopt niet. Echt niet.'

Dex is het met hem eens. 'We moeten iets doen.'

Zelfverzekerd gaat Isabel naar de administratie om het drietal ziek te melden. Een paar minuten later is ze alweer terug. Ze knipoogt naar Dex en Oscar.

'Goed bezig, boss,' zegt Dex lachend.

HOOFDSTUK 3

INBREKEN

Shoda woont in een villawijk aan de rand van Langdam. Op de fiets zijn ze er best snel. Oscar rijdt voorop, hij heeft meestal te veel energie. Dex en Isabel rijden vlak achter hem.

'Ik vind het wel zielig dat ze zo vaak alleen is,' zegt Isabel. 'Haar vaders zijn altijd druk.' Shoda is geadopteerd door Fjodr en Steffan, die allebei fulltime werken. Fjodr is leraar scheikunde op een middelbare school en Steffan is fotograaf. Het liefst gaat hij op reportage naar het buitenland.

Dex schiet in de lach. 'Ik vind het wel lekker als ik alleen thuis ben.' Hij is waarschijnlijk vaker alleen dan de anderen. Zijn vader is vrachtwagenchauffeur, die reist doordeweeks door heel Europa. 'Ik zie mijn vader alleen in de weekenden.'

'En je moeder?'

'Pfff. Mijn moeder is de assistente van een advocaat. Ze zorgt voor de koffie, ruimt de vaatwasser in, maakt kopietjes en stopt ordners in de kast. Directiesecretaresse heet dat officieel. Die is altijd bezig met belangrijke dingen, zegt ze.'

'Daar is toch niets mis mee?' vindt Isabel. 'Mijn moeder zegt altijd dat je voor iedereen respect moet hebben en dat niemand minderwaardig is. Of je nu vuilnis ophaalt, secretaresse bent of sportschooleigenaar. Dat maakt niet uit.'

Nu schiet Oscar in de lach. 'Jouw moeder met een vuilnisman? Never-nooit. Daar is ze veel te cool voor.'

'Jullie zijn altijd bezig met sporten en gezond eten.' Dex heeft het daar juist moeilijk mee. Hij houdt niet van al dat gezonde voedsel, dat smaakt nergens naar. Hij eet liever andere dingen en daardoor is hij ook eigenlijk iets te dik. Niet veel, echt niet. Isabel doet daar nooit moeilijk over, Isabel is lief. Shoda ook, allemaal zijn ze echte vrienden, maar Isabel is anders. Als zij naar hem kijkt, voelt hij zich goed. Volgens hem ziet ze nooit een wat dikkere, in zichzelf gekeerde jongen die het liefst games speelt. Ze ziet gewoon Dex. Daarom zou hij alles voor haar doen.

Isabel merkt natuurlijk niets van al zijn gedachten, want hij zegt ook niets. Hij vindt het eng om zoiets tegen haar te zeggen.

Ze springt van haar fiets en wijst. 'Hier is het.'

'Wauw, wat een mooie keet,' zegt Dex vol bewondering. Hij is nog nooit bij Shoda thuis geweest.

Ze zetten hun fietsen tegen het hek en bellen aan. Er wordt niet opengedaan.

'Misschien slaapt ze,' zegt Isabel. Ze drukt nog een keer op de bel.

Oscar wordt ongeduldig. Hij duwt Isabel opzij en houdt zijn duim secondenlang op de knop. De bel is zo luid dat hij zelfs op straat te horen is. Nog steeds volgt er geen enkele reactie.

Een oude man die met zijn jack russel langs wandelt, schudt zijn hoofd. Zijn hond keft zijn tanden bloot. 'Ze zijn er niet!' roept hij. 'Die lui zijn er nooit.'

Ze negeren de man. Oscar komt als eerste in actie. 'Achterom,' zegt hij.

Aan de achterkant van het huis zien ze dat een van de slaapkamerramen op een kier staat. 'Daar kunnen we naar binnen,' zegt Oscar.

'We kunnen beter wachten tot haar ouders terugkomen,' stelt Dex voor.

Daar wil Isabel niets van weten. Ze wijst naar de regenpijp. 'Daar klim je toch zo tegenop?'

Dex schudt zijn hoofd. 'Ik? Mij niet gezien.'

Isabel zucht diep. 'Jij dan, Oscar? Dat is voor jou een makkie.'

Even staan ze stil bij elkaar. Het is toch een vorm van inbreken, ook al staat het raam open.

Oscar heeft er geen enkel probleem mee. Sterker nog, het jeukt in zijn lijf. Hij móét in actie komen. 'Go,' zegt hij. Eerst trekt hij aan de regenpijp om te testen of deze stevig aan de muur is bevestigd. Dan gooit hij zijn rugzak op de grond en klautert lenig naar boven. Terwijl hij klimt wordt hij rustig. Zo gaat dat altijd met hem. Als hij niets doet raakt hij opgefokt, pas als hij wat kan doen wordt het normaal in zijn hoofd. Boven duwt hij het raam verder open en even later staat hij in een van de slaapkamers.

'Is Shoda daar?' roept Dex naar boven.

'Zo te zien slapen haar vaders hier. Ik zie allemaal mannendingen en wat, eh... rare foto's. Zal wel kunst zijn.'

'Kijk nou maar of Shoda ergens is en doe daarna de voordeur open.'

'Yes, boss,' zegt Oscar en hij lacht. Hij is in zijn element.

'Hier is ze niet,' zegt hij als hij even later de voordeur opent.

'We moeten het hele huis doorzoeken,' zegt Dex. 'Misschien is ze wel flauwgevallen of zo.'

'Flauwgevallen? Waarom zou ze flauwvallen?' vraagt Isabel. 'Is ze echt niet boven?' Ze holt de trap op om zelf te kijken. In de kamer van Shoda is het een puinhoop: kleren en schoenen liggen door elkaar op de grond en op het bed. 'Dit is niks voor Shoda,' zegt ze. 'Die ruimt altijd alles op.'

Shoda's telefoon ligt op haar kussen en hangt aan de oplader. 'Zullen we die meenemen?' vraagt Dex.

'Goed idee.' Isabel stopt de telefoon in haar broekzak. 'Wat nu?'

Dex controleert de gang. Aan de muur hangen zwart-witfoto's van Beiroet na de enorme explosie in augustus 2020. Die heeft Steffan daar gemaakt. Shoda heeft verteld over zijn reis daarnaartoe. Hij viel met zijn neus in de boter, zei hij. Hoewel je dat eigenlijk niet zo mag zeggen. Dat zei hij ook. Angstige beelden van mensen die alles kwijt zijn, die in een hel zijn beland.

Dex heeft geen geduld om de foto's op zich te laten inwerken. Hij loopt door naar de keuken, de wc en de woonkamer. 'Kom hier eens kijken,' zegt hij even later.

In een grote sierpot in een hoek van de kamer liggen allemaal scherven. Van gebroken glazen, lijkt het.

'Wat zou hier gebeurd zijn?'

'Niks. Een paar glazen kapot,' zegt Oscar.

Shoda is nergens te bekennen.

Isabel trilt over haar hele lichaam. 'Dit voelt niet goed. We moeten hier weg. Als iemand ons betrapt, dan...'

'Dan wat?'

'Dan zijn we een stel inbrekers.' Ze pakt haar eigen telefoon.

'Wat ga je doen?' vraagt Dex.

'Ik vraag of iedereen meteen naar De Bus komt. Er moet iets gebeuren.' Snel verstuurt ze een bericht via hun groepsapp.

De Bus is de plek waar ze elkaar altijd ontmoeten. Hij staat midden op het stadsplein waar alle grote winkelstraten samenkomen. Daar is ook de bibliotheek en een groot café. De Bus is speciaal neergezet voor jongeren. Hij is geschonken door het plaatselijke busbedrijf Van Wielen toen ze nieuwe bussen kochten. De jongeren mochten hem zelf helemaal opnieuw inrichten als een hangplek.

Als iedereen er is leggen Oscar, Dex en Isabel in het kort uit wat ze hebben gezien en dat Shoda niet thuis was.

'Ik ben bang dat er iets naars is gebeurd,' zegt Isabel.

Onhandig slaat Dex een arm om haar schouder. 'We vinden haar wel,' zegt hij. 'We laten haar niet zitten.'

'Zeker niet,' zegt Lucas.

'Misschien is ze gewoon met haar ouders mee,' zegt Oscar.

'Of ze is bij een tante op bezoek,' zegt Lucas. Hij laat niet merken hoe bezorgd hij eigenlijk is.

'Waarom heeft ze dan haar telefoon niet bij zich?' vraagt Isabel.

'Misschien is ze die vergeten,' zegt Kaan. 'Dat kan toch?'

Alle vijf zijn ze even stil. Ze proberen zich voor te stellen of ze hun eigen telefoon zouden kunnen vergeten.

'Ik zou het einde van de straat niet halen,' zegt Isabel. 'Dan zou ik hem al missen.'

'Ik bij de voordeur al,' zegt Oscar. 'Ik bedoel, serieus, zonder je iPhone weggaan, dat doe je niet.'

'Ik heb die van Shoda trouwens meegenomen,' zegt

Isabel. 'Maar nu vraag ik me af of dat wel mag.'

Lucas houdt zijn hand op. 'Geef maar, dan ga ik kijken met wie ze allemaal heeft gechat.'

Isabel geeft hem de telefoon. Met een paar tikken zit Lucas al in Shoda's WhatsApp.

Dex kijkt over zijn schouder mee. 'Huh? Zit je er al in? Weet je haar code? Hoezo dan?'

Lucas probeert onverschillig te kijken. 'Gewoon, 2910.' Even later schudt hij zijn hoofd. 'Ik zie niets raars.'

Ondertussen zit Isabel al een tijdje stil te peinzen. Ze denkt terug aan het gesprek in de grot nadat ze waren verdwaald. 'Weet je nog wat ze vertelde? Dat ze gewoon op de stoep is gelegd bij een weeshuis in Brazilië. Toen ze nog een baby was. Fjodr en Steffan hebben haar geadopteerd toen ze vier was, maar soms voelt ze zich hier toch niet echt thuis.'

'Dat snap ik niet,' zegt Oscar. 'Ze wordt hartstikke verwend. Ze hoeft maar te kicken en ze krijgt wat ze wil. Oortjes, elk jaar de nieuwste telefoon; ik wed dat haar la vol ligt met zogenaamd oude telefoons. Die zou ik nog wel willen hebben. Ze krijgt altijd het nieuwste van het nieuwste.' Zijn moeder moet de laatste tijd steeds vaker naar de voedselbank, Shoda weet vast niet eens wat dat is.

'Nou, ik begrijp het wel,' zegt Kaan. 'Het is echt een stom gevoel, dat je van hier bent en toch ook niet. Dat heb ik ook. Het is altijd alsof er twee kanten aan mijzelf zijn die nooit echt helemaal bij elkaar komen. Soms lijkt het alsof ik tussen die twee kanten in hang. Dat herkent Shoda ook, zeker weten.' Kaans ouders zijn uit Turkije hierheen gekomen en inmiddels eigenaar van vijf restaurants. Ze gaan ervan uit dat hij later de zaken overneemt, maar zijn hart ligt bij de muziek.

'Maar het hoeft toch niet allemaal met elkaar te maken te hebben?' vraagt Dex. 'Je kunt toch ook gewoon ongelukkig zijn?'

Daar begrijpt Oscar niets van. 'Ik zou me veel gelukkiger voelen als ik meer zakgeld kreeg, mooie kleren kon kopen en nieuwe spullen.' Diep in zijn hart is hij een beetje jaloers op Shoda. Maar er is iets anders. Hij slaat zijn arm om Kaans schouder. 'Dat van die twee kanten dat is echt zo waar. Serieus.'

'Heb jij dat ook?'

'Wie niet?'

Voordat Kaan door kan vragen, bemoeit Lucas zich ermee.

'Alles heeft met alles te maken,' zegt hij. 'Begrijp dat nou eens. Er is een reden waarom Shoda weg is en die moeten wij zien te vinden.'

'Voorlopig weten we niks,' zegt Isabel. Ze is nuchter, kijkt naar de feiten.

'Misschien is ze naar Brazilië vertrokken om uit te zoeken wie haar ouders zijn,' zegt Oscar.

'Hoe dan?' vraagt Isabel. 'Bedoel je soms dat ze stiekem haar koffer heeft gepakt, haar paspoort, een portemonnee vol geld, met een taxi naar het vliegveld is gegaan, daar een ticket heeft gekocht en in haar eentje naar Brazilië is gevlogen?'

Als ze het zo droog opsomt, begrijpt Oscar dat het onmogelijk is. Hij grijpt met zijn handen naar zijn hoofd. 'Maar waar is ze dan?'

'Misschien is ze bij iemand gaan logeren?'

'Op maandag, terwijl ze naar school moet? Zonder het te melden?' vraagt Oscar.

Ze kunnen niets bedenken, alle mogelijkheden lopen dood. Ze weten domweg te weinig.

'Geen paniek,' zegt Isabel. 'We moeten terug naar haar huis, naar haar ouders. Die weten vast wel waar ze is.'

Ze springen op de fiets en rijden terug naar het huis van Shoda. Vlak voordat ze er zijn, wordt er hard getoeterd. Het is Steffan, die het groepje voorbijrijdt. Tijdens het passeren zwaait hij naar ze. 'Waar is Shoda?' vraagt hij, nadat hij is uitgestapt en zijn fotokoffer om zijn schouder slaat.

'Dat wilden we net aan jou vragen,' zegt Isabel. 'Ze is vandaag niet op school geweest.'

Steffan wordt spierwit. Het is net alsof hij bevriest. 'Niet op school? Dan is ze vast thuisgebleven. Kom gauw mee naar binnen.'

Fjodr is in de keuken bezig met koken, pasta met rode pepers en tonijn. Steffan zet de koffer neer, groet zijn man niet eens en vraagt meteen: 'Weet jij waar Shoda is?'

'Ik ben net een kwartier thuis. Is ze niet op haar kamer huiswerk aan het maken? Ik ga even kijken.' Fjodr holt de trap op en duwt de deur van Shoda's kamer open. Hij ziet de rommel en komt in verwarring weer beneden. 'Ze is niet boven en...'

Lucas begrijpt er niets van. 'Hebben jullie elkaar vanochtend niet gezien?'

'Eh, nou... nee.' Steffan komt niet goed uit zijn woorden.

'Ze is gisteren nog bij mij geweest,' zegt Isabel. 'Ze is toch wel thuisgekomen?'

'Ja,' zegt Fjodr. 'Ze ging meteen door naar haar kamer. Ze wilde in haar eentje chillen, dus we hebben haar niet gestoord.'

Fjodr en Steffan kijken elkaar vreemd aan, alsof er iets is wat ze niet willen zeggen. Of niet durven te zeggen. Het duurt maar heel even. Net zo snel als die blik er was, is hij weer verdwenen.

'Ik dacht dat ze vandaag het eerste uur vrij was,' zegt Fjodr, 'dus heb ik haar laten liggen. Ik was al om zeven uur de deur uit en Steffan moest om kwart over zeven weg. Ik ging ervan uit dat ze zelf naar school zou gaan.' Zijn stem kraakt en beeft.

Steffan slaat zijn arm om Fjodr heen en trekt hem even tegen zich aan om hem gerust te stellen.

'Zou ze...?' begint Fjodr.

'Nee,' zegt Steffan, 'vast niet. Dat kan niet. Echt niet. Dat kan niet.'

De vrienden kijken zwijgend naar de twee mannen, die maar blijven herhalen dat iets niet kan. Tot Lucas het niet meer houdt.

24

'Wat kan niet?' vraagt hij. En als hij geen antwoord krijgt, stampt hij met zijn voet op de vloer. 'Wát?' vraagt hij met harde stem en ineens staan de tranen in zijn ogen. Shoda is alles voor hem. 'Waar is ze?'

Fjodr en Steffan kunnen niet meer om zijn vragen heen. Ze moeten antwoord geven.

'We weten het niet,' zegt Steffan. En dan rolt er ook bij hem een traan over zijn wang.

Shoda is echt verdwenen.

Er trekt een huivering door de groep. Alle vijf denken ze terug aan die keer dat ze samen verdwaalden en niemand hen kon vinden.

HOOFDSTUK 4

DUY BENI

De motregen sijpelt geruisloos uit de wolken. Dex trekt zijn muts tot over zijn oren. Samen met alle twee-deklassers wacht hij op de parkeerplaats bij school op de komst van de drie bussen.

Als de eerste bus arriveert, wringt Oscar zich door de wachtende meute heen. 'Ik ga als eerste de bus in.' Hij wenkt de andere vijf. 'Kom mee. Ik hou de plaatsen op de achterbank voor ons bezet. Hebben wij de beste plekken.' Hij holt door het smalle gangpad van de bus naar achteren. Een voor een volgen ze hem.

Dex sjokt achter Oscar aan en draait zich om naar Isabel. 'Wat een uitslover,' zucht hij.

'Hoezo?' vraagt ze. 'Toch leuk als we bij elkaar zitten?' Even later wijst ze voor iedereen een plek aan. 'Oscar, Lucas, Kaan en Dex naast elkaar. Ik ga naast Dex en Shoda.'

Dex zegt niets, maar hij vindt het heel cool om dicht bij Isabel te zijn.

Als de leerlingen op hun plek zitten, loopt Fransen met een papier door het gangpad om de aanwezigen te tellen. Daarna gaat hij naar de chauffeur. Die knikt. 'Iedereen is er. We kunnen vertrekken.' Fransen neemt plaats op de gereserveerde plek voor in de bus.

Nadat de bus de stad uit is, tikt de chauffeur met zijn wijsvinger tegen de microfoon. 'Ja, hij doet het. Jongens en meisjes, ik wens jullie heel veel plezier op weg naar de Ardennen. Ik heb een vriendelijk verzoek: willen jullie kauwgum niet onder de zitting plakken? Het is een klerewerk om al dat plakspul na afloop met een mesje weg te peuteren. Daarom heb ik een plastic zakje aan de armleuningen gehangen. Heel graag afval en kauwgum in het zakje. Fijne reis.'

Dex haalt smintjes uit zijn rugzak. Hij vindt het lekker om een frisse smaak in zijn mond te hebben, vooral nu hij naast Isabel zit. 'Willen jullie ook?'

Iedereen knikt.

Terwijl de bus rijdt valt er een stilte. De vrienden kijken uit het raam.

'Wel stil, zo,' zegt Shoda. 'Zullen we iets zingen?'

'Kaan! Jij kunt zingen. Een van jouw songs?' vraagt Isabel.

Kaan denkt na. Hij is langer, dunner, donkerder en stiller dan de rest van zijn vrienden. Hij draagt altijd heel nette kleren en is niet zo'n prater, maar wat hij zegt slaat wel altijd ergens op. Doorgaans zingt hij liever dan dat hij zich in gesprekken mengt. Hij heeft een gave, warme stem. Soms heeft hij wat moeite met zijn Turkse achtergrond, maar als hij zingt klinken daarin altijd die mooie melodieën uit het land van zijn ouders. Zijn droom is om succesvol te worden. Hoe weet hij nog niet, maar hij wil het zo graag dat hij het niet durft te laten merken.

Kaan schudt nee.

'Zingen? Nu? Voor een volle bus? Daar heb ik helemaal geen zin in.' Hij heeft geen behoefte om in de belangstelling te staan.

Oscar staat plotseling op. 'Ik ben benieuwd of we in die grotten nog stalagmieten en stalactieten zien.' Hij spreidt zijn handen en houdt ze tegen zijn borstkas aan.

Lucas ergert zich. 'Wat een kind ben jij.' Hij zet zijn koptelefoon op en luistert de rest van de reis naar muziek.

'Echt flauw hoor,' meent Shoda.

Oscar ploft weer neer op de achterbank. 'Hebben jullie geen humor?'

Uiteindelijk zit iedereen relaxed in de bus. Dex vindt het een verademing. Op de basisschool ging dat wel anders. Op weg naar de Efteling waren de zakken Engelse drop binnen een mum van tijd leeg en was hij de rest van de reis kotsmisselijk. Bovendien moesten leerlingen om beurten door de microfoon een lied zingen. Dex vond het vreselijk. Hij wilde het liefst onzichtbaar zijn, toch moest ook hij eraan geloven.

'Dex, nu mag jij een liedje komen zingen,' zei zijn juf. Dex begreep niet dat ze hem nog steeds niet goed kende. Wat een stom mens, dacht hij. Hij liep naar voren en baalde dat hij zich niet ziek had gemeld. Iets met migraine of een plotselinge huiduitslag.

Hij zong een liedje dat hij in groep 5 had geleerd. Iets anders schoot hem niet te binnen. Het klonk vals en de tekst was best kinderachtig. Dex had een hoofd als een rode biet. Iedereen lag in een deuk, zelfs zijn juffen. Had ik maar het talent van Kaan, denkt Dex. Die zingt echt supervet.

Na bijna drie uur arriveert de bus bij de grot. Op de grote parkeerplaats is plek voor wel twintig bussen. Verlichte pijlen geven aan waar de groepen zich moeten melden voor de rondleiding door de grotten. Gidsen verdelen de leerlingen in vier groepen en iedereen moet zijn rugzakje in een kluisje stoppen.

'Dit is echt supersaai,' zegt Oscar, terwijl ze aansluiten bij de groep die bestaat uit tweedejaars uit verschillende klassen. 'Is dit nou modern onderwijs? Als ik wat meer wil weten over grotten kan ik het ook op internet opzoeken.'

'Het is toch leuk dat we met z'n allen zijn?' zegt Shoda.

'Zeker,' geeft Oscar toe. 'En we hebben ook nog eens een vrije dag. Daar kun je er nooit te veel van hebben.'

Als ze door de grotten lopen, merkt Dex dat het steeds kouder wordt. De vrouw die de rondleiding verzorgt, vertelt alles op een toon alsof het haar niets interesseert. Ze dreunt domweg een verhaaltje op.

'Dat zou geen baan voor mij zijn', zegt Shoda. 'Elke dag maar weer hetzelfde vertellen over de jagers van achtduizend jaar geleden en de primitieve wandschilderingen. Daar zou ik zelf primitief van worden. Vreselijk.'

Ze lopen een ijzeren deur voorbij en Oscar wenkt hen. 'Hé, kom eens terug', zegt hij. 'Zullen we hier ingaan?' Hij duwt de klink omlaag en opent de deur. 'Die is niet eens op slot.' Hij gaat vanzelf open. 'Zullen we onze eigen route volgen? Dat is veel spannender. We gaan gewoon onze eigen gang', fluistert hij.

'Huh? Hoezo dan?' vraagt Shoda.

'Gewoon, wij met z'n zessen. Lekker bij elkaar', zegt Oscar.

'Waarom niet', zegt Lucas.

'Dat lijkt me cool', zegt Isabel lachend. 'Is iedereen voor?'

'Yes, boss', zegt Dex.

Nadat ze de onbekende ruimte binnen zijn gegaan, valt de deur achter hen met een harde klap in het slot. Dex krijgt het op slag benauwd. Hij trekt aan de deur om te kijken of die weer open kan, maar hij krijgt er geen beweging in. 'We kunnen er niet meer uit.'

Lucas schiet in de lach. 'Grapjas. Wil je ons bang maken?'

'Nee, echt niet. Probeer jij het maar eens.'

Lucas trekt uit alle macht aan de deurklink, maar

ook hem lukt het niet om de deur open te krijgen. 'Help! Help!'

Iedereen roept mee, maar er komt geen reactie.

'Wat is dit voor een belachelijke ruimte?' vraagt Shoda. 'Er hangen hier niet eens lampen.' Ze pakt haar telefoon en schijnt om zich heen met haar zaklamp.

'Geen idee,' zegt Kaan. 'Laten we proberen een andere uitgang te vinden. Er zullen vast wel meer deuren zijn, toch?'

Niemand reageert. Zwijgend beginnen ze te lopen, op zoek naar een uitgang.

Het pad dat ze volgen wordt steeds smaller. Om beurten schijnen ze met hun telefoon, zodat ze kunnen zien waar ze lopen. Het pad is erg onregelmatig.

'Hier komen vast nooit andere mensen,' zegt Isabel, die bijna haar enkel verstuikt. 'Shit.' Ze grijpt naar haar voet.

'Gaat het?' vraagt Lucas. 'Zal ik er even naar kijken?'

'Nee, joh, ik ben geen watje.'

Oscar wordt ongeduldig. 'We gaan steeds verder omlaag. Lijkt me sterk dat daar de uitgang is.'

'We kúnnen alleen maar naar beneden,' zucht Lucas. 'Zie jij een ander pad?'

Oscar schudt van nee.

Het geluid van druppelend water wordt steeds luider. Als het pad na een halfuur eindigt, komen ze bij een ondergrondse rivier.

'Moeten we in deze rivier springen om naar buiten te kunnen?' vraagt Shoda.

'We kunnen het proberen,' zegt Dex.

'Hoe dan? Ik heb niet eens een bikini bij me.'

Oscar vindt dat geen probleem. 'Je kunt toch met je kleren aan. Als ik zeker zou weten dat ik buiten kom, durf ik zelfs wel in mijn nakie te gaan zwemmen.'

'Doe dat maar niet,' zegt Dex. 'Het is misschien gevaarlijk om het water in te gaan. Je weet toch niet waar je terechtkomt? Laten we weer de weg omhoog nemen.'

Shoda zucht. 'Ik ben bekaf. Had ik nou maar mijn rugzak meegenomen. Daar zit genoeg eten en drinken in, maar daar heb ik nu niets aan.'

'Kom op, lopen.' Isabel geeft het goede voorbeeld en gaat voorop.

Er lijkt geen einde aan het pad te komen.

Na drie kwartier lopen zijn ze weer terug bij het riviertje.

'Hoe kan dit nou?' vraagt Shoda.

'Geen idee,' zegt Lucas.

Dex krijgt een ingeving. 'Voor noodgevallen hebben we het nummer van Fransen gekregen. Ik bel hem.' Maar als Dex zijn telefoon tevoorschijn haalt, ziet hij dat hij geen bereik heeft. 'Balen. Kan iemand anders bellen?'

Ze checken het allemaal, maar niemand heeft bereik.

Shoda krijgt het te kwaad, ze vindt het eng. 'Komen we hier ooit uit? Laten ze ons alleen? Gaan we dood?'

'Doe niet zo stom,' zegt Kaan. 'Je gaat niet zomaar dood.'

Uitgeput gaan ze op een rots bij het water zitten.

'Wat als niemand ons vindt?' vraagt Shoda. 'Hoelang kun je zonder water?'

'Drie dagen,' weet Lucas. 'En een maand zonder eten.'

Oscar maakt van zijn handen een kommetje en schept wat water uit de rivier. Hij slurpt het op en spuugt het meteen weer uit. 'Gatver. Daar hebben ze vast afval in geloosd. Echt smerig. Ik moet er bijna van kotsen.'

'Doe dat maar niet,' zegt Dex.

Shoda begint steeds sneller te ademen en opeens zakt ze in elkaar.

Isabel en Lucas helpen haar overeind en zetten haar op een rots die van boven plat is. Shoda heeft haar lichaam niet meer onder controle en begint te hyperventileren. Ze probeert op te staan, maar haar benen zijn zo slap dat ze opnieuw valt.

'Ga zitten,' zegt Lucas.

Kaan voelt in zijn zakken. 'Ik heb nog een broodzakje. Blaas erin.' Hij geeft het zakje aan Shoda.

Lucas helpt haar. 'Probeer rustig te worden. Blaas rustig in het zakje.'

Langzamerhand komt de ademhaling van Shoda weer in het goede ritme, maar als ze bedenkt dat niemand hen hier kan vinden, lijkt de paniek toch weer toe te slaan. 'Ik wil hier weg. Jullie toch ook?'

Dex knikt.

Isabel krijgt een idee. 'Laten we in een kring gaan zitten en elkaar een hand geven.'

Voorzichtig zoeken ze allemaal een plekje, gaan zitten en geven elkaar een hand. Zo zitten ze in een kring. Hun telefoons leggen ze op de grond. Er schijnen zes lichtstralen naar boven.

Dex merkt dat iedereen zit te beven van de kou en de zenuwen. 'Als we hier straks uitkomen, zijn we de beste vrienden ever,' zegt hij.

'Dat zijn we nu al,' zegt Isabel. 'Wij zorgen hier voor elkaar, we houden elkaar vast. Dan komen we hier uit.'

Zo voelt het ook, alhoewel Dex geen idee heeft hoe dat dan zou moeten. Voor zover hij kan zien, zitten ze zwaar in de problemen. 'Even serieus,' zegt hij. 'We weten niet hoelang we hier nog zitten, dus we kunnen het beste onze telefoons niet allemaal tegelijk aan doen. Straks zijn ze allemaal tegelijk leeg.'

'O, natuurlijk,' zegt Isabel. 'Alles uit en het licht alleen aan als we het nodig hebben.'

'Yes, boss!' zeggen ze allemaal in koor. Een voor een gaan de lampjes van hun telefoons uit. In het donker zitten ze bij elkaar.

Opeens zegt Oscar: 'Echte vrienden hebben geen geheimen voor elkaar. Wat is jouw geheim, Shoda?' Hij vraagt het eigenlijk meer om haar af te leiden.

'Waarom vraag je dat aan mij?' kaatst Shoda terug.

'Nou, als we hier niet uitkomen maakt het toch niet meer uit,' zegt Oscar.

'Hou op! Zeg dat niet!'

Oscar schrikt van Shoda's reactie. Zelf heeft hij een heel groot geheim dat hij nog nooit aan iemand verteld heeft.

'Mijn probleem is dat ik soms niet weet wat echt is,' begint Isabel. 'Op de socials zie je alleen maar perfecte plaatjes voorbijkomen.'

'Allemaal nep,' zegt Lucas.

'Nou, dit hier is niet nep. Dit is hartstikke echt! Vrienden mogen best van elkaar weten dat niet alles perfect is. Iedereen heeft weleens iets vreselijks meegemaakt of durft ergens niet over te praten. Als we dat wel doen, dan lucht dat misschien op. Ik moet het bijvoorbeeld al mijn hele leven doen zonder vader. Mijn moeder is een bom.'

'Bom?' vraagt Oscar. 'Een seksbom?'

'Kappen, Oscar,' zegt Dex.

'Bewust ongehuwde moeder,' legt Isabel uit. 'Mijn vader komt via de spermabank. Waarschijnlijk kom ik nooit te weten wie mijn vader is.' Ze begint een beetje te snikken. 'Heb ik zijn karakter? Woont hij in het buitenland? Weet hij wel dat ik besta?' Als Isabel uitgepraat is, is iedereen stil. Ook Dex heeft tranen in zijn ogen.

Dan is Kaan aan de beurt. 'Mijn ouders willen dat ik een van hun restaurants overneem, maar het liefste wil ik zingen. En ze willen dat ik met een Turks meisje ga trouwen.'

Oscar vindt dat raar. 'En als je nou niet verliefd op haar bent?'

Kaan haalt zijn schouders op. 'Dat doet er niet toe. Dat regelen families met elkaar. Uithuwelijken heet dat.'

'Hè? Nooit geweten dat dat bestaat,' zegt Isabel.

'Ik heb ook iets,' zegt Oscar. 'Het zit zo... Ik heb het gevoel dat ik eigenlijk iemand anders ben.' Hij heeft een brok in zijn keel. Voor het eerst in zijn leven vertelt hij iets wat hij nog nooit aan iemand heeft verteld.

Dex luistert met open mond. 'Wat moet je je dan rot voelen.'

Na drie zinnen klapt Oscar dicht. 'De rest vertel ik nog wel een keer.'

Lucas zucht diep. 'Ik heb ook een geheim: vorig jaar heb ik op de computer dingen uitgeprobeerd. Ik heb er geld mee verdiend dat niet van mij is.'

'Dan geef je het toch terug?' zegt Isabel.

'Zo simpel is het niet. Er is iemand die het weet. Als hij me verraadt kom ik vast en zeker in de bak. Als we hier uit zijn, ga ik er meteen mee aan de slag.'

Nu is Dex aan de beurt. Hij zucht diep voordat hij aan zijn verhaal begint. 'Op de basisschool ben ik vier jaar lang gepest. Ik moest "Stop, hou op" zeggen als ze me sloegen, maar daar trokken die pesters zich niets van aan. Het gebeurde altijd stiekem. Ik zei verder niets terug. Ook thuis vertelde ik zo min mogelijk. Ik had er geen zin meer in dat mijn moeder telkens op hoge poten naar school moest.'

'Wat deden die pesters dan?' vraagt Lucas.

'Heb je even? Frisdrank over mijn brood gooien,

mijn pen doormidden breken, gaten in mijn gymtas knippen, de veters uit mijn schoenen trekken, mijn fietssleutel weggooien, mijn broek naar beneden trekken en zo kan ik nog wel twintig dingen opnoemen.'

'Wat raar dat ze dat deden,' zegt Isabel. 'Dan waren die gasten dus echt stom.'

Dex heeft het in die tijd best moeilijk gehad. 'Ik haatte school, ik haatte mijn klas. Ik haatte alles. Jarenlang heb ik gedacht dat het aan mij lag, dat ik een sukkel was, maar nu weet ik beter. Toen ik van die rotschool afging, wist ik dat niemand ervan naar onze middelbare zou gaan. Dat was voor mij dé kans om opnieuw te beginnen. En nu ben ik zo blij met jullie.' Dex is opgelucht, er valt een zware last van hem af.

Iedereen slaat een arm om hem heen, behalve Shoda.

'Als er ooit nog iemand met zijn poten aan jou zit, zullen we je helpen,' zegt Oscar stoer.

'Dank je. Voor het eerst van mijn leven heb ik vrienden.'

Intussen lijkt Shoda een beetje te zijn bijgekomen.

'Gaat het een beetje?' vraagt Lucas. 'Wil je ook een geheim vertellen?'

'Goed dan... Ik kom uit Brazilië en werd als baby naar een weeshuis gebracht. Mijn ouders ken ik niet. Ik bleef er tot ik vier jaar was. Ik kan me er weinig van herinneren, maar ik weet wel hoe het is om je eenzaam te voelen. Ik vind het vreselijk dat ik gedumpt ben, alsof ik grofvuil ben.'

Met open mond luisteren de anderen naar haar. Geen van hen kan zich echt voorstellen hoe dat moet zijn geweest.

'Misschien hadden je ouders geen geld om eten te kopen,' zegt Kaan.

'Geen idee. Maar sinds die tijd weet ik niet wie ik echt kan vertrouwen. Toen ik vier jaar was, werd ik geadopteerd door mijn twee vaders.'

Isabel maakt een grap om de spanning te doorbreken: 'Jij hebt twee vaders en ik geen een. Kan ik er niet eentje van jou krijgen?'

Shoda is zo geëmotioneerd dat ze er niet om kan lachen.

'Het is toch fijn om ouders te hebben,' zegt Lucas. 'Ook al zijn het dan niet je echte ouders.'

'Nou, voor mij zijn ze hartstikke echt,' zegt Shoda. 'Maar dat is soms ook het probleem. Mijn ouders, eh... hoe zal ik het zeggen? Soms zijn ze superemotioneel en dan ben ik bang dat het niet goed komt. Ik wil niet alleen zijn. Ik wil nooit meer alleen zijn.'

'Maar je hebt ons toch?' vraagt Lucas.

De woorden dringen niet tot Shoda door. 'Ik wil dit niet. Ik wil niet hier in deze stomme grot achtergelaten worden.'

Haar paniek slaat over op de rest, maar deze keer worden ze er juist allemaal heel stil van. De paniek zit nu in hun lichamen. Het idee dat ze niet meer uit de grot zullen komen wordt opeens heel echt. Ze blijven elkaar vasthouden en dan begint Kaan zachtjes te zingen. '*Duy beni, duy beni, duy beni... Kendini bul anda kal.*'

Zo komen ze langzaam tot rust. Dex heeft geen idee waar het lied over gaat, maar net als de anderen is hij er erg van onder de indruk.

'*Duy beni. Kendini bul bende kal. Duy beni, duy beni.*' Kaans mooie stem galmt door de grote ruimte van de grot. Het is prachtig.

Aan het einde van het lied blijft het een tijdje doodstil. Dan vertelt Kaan wat hij heeft gezongen. 'Het gaat over ons. *Duy beni* betekent "hoor me". Vind jezelf, blijf in het moment, blijf bij mij.'

Die woorden zijn precies wat ze nodig hebben. Iedereen wil gehoord worden. Op dat moment voelen ze zich heel sterk met elkaar verbonden.

HOOFDSTUK 5

EEN GEKKENHUIS

Daar in die grot drie maanden geleden, werd Dex overmand door een rollercoaster aan emoties. Nu voelt hij zich weer onrustig vanbinnen. Verzwijgen ze iets, denkt hij. De ouders van Shoda doen raar. Het is net alsof ze meer weten van de verdwijning. En ondertussen doen ze niets. Hij trekt het niet langer, hij voelt zich net Oscar.

'Doe dan wat!'

Steffan reageert onmiddellijk, hij pakt zijn telefoon. 'Ik bel haar, dan weten we het meteen.'

Voordat iemand kan reageren, belt hij haar nummer en begint er ergens een mobiel te piepen. Met een schuldbewuste uitdrukking op zijn gezicht haalt Lucas de telefoon uit zijn broekzak.

'Hè? Hoe kan dit nou? Hoe kom jij aan Shoda's telefoon?'

Opeens hebben de vrienden heel veel uit te leggen. Dat ze al in haar kamer zijn geweest, dat de telefoon daar lag, dat ze al naar Shoda gezocht hebben en dat ze dat natuurlijk hadden moeten zeggen, maar ze maakten zich zo ongerust dat ze het vergeten zijn. De woorden en zinnen tuimelen over elkaar heen.

Fjodr is kwaad. 'Jullie hebben hier gewoon ingebroken! In de slaapkamers rondgeneusd. Dat kan echt niet. Jullie lijken wel gek.' Steffan moet hem sussen terwijl de vrienden schuldbewust blijven zwijgen. 'Hoe weten we dat jullie niet nog meer hebben gestolen?'

'We hebben niets gestolen,' zegt Isabel. 'Shoda is onze vriendin.'

'Mooie vrienden zijn jullie, daar moeten we misschien ook eens wat aan doen.'

'Eerst Shoda,' zegt Steffan. Hij belt naar school om te vragen of iemand haar heeft gezien of van haar heeft gehoord. Het duurt eindeloos. Ze blijven maar praten en steeds dezelfde vragen stellen.

De vrienden voelen zich betrapt maar ook totaal verkeerd begrepen. Alsof ze hier kwamen om iets te stelen? Hoe kan Fjodr dat nou denken? Ondertussen is hij zo boos dat hij niet eens meer naar ze wil luisteren.

Weer heeft Dex zo'n raar voorgevoel, er is iets mis. Maar hij is te ongeduldig om uit te zoeken wat dan precies. Ze moeten mensen waarschuwen, ze moeten zoeken, niet bellen. Wat heb je nou aan bellen? Volwassenen pakken dingen soms echt achterstevoren aan.

Terwijl Steffan praat met de rector van hun school – die natuurlijk niks weet – roept Dex de vrienden bij elkaar. 'We moeten de weg volgen die Shoda altijd neemt van huis naar school. Misschien komen we er zo achter wat er is gebeurd.'

'Moet ik al 112 bellen?' vraagt Fjodr opeens. Zijn boosheid maakt langzaam plaats voor paniek. 'Hoelang is ze al weg? De eerste uren zijn altijd superbelangrijk.'

Iedereen begint te tellen. De een begint gisteravond om negen uur, de ander vanochtend om zeven uur. Zo komen ze allemaal tot een ander antwoord.

Fjodr blikt terug. 'We hebben haar gisteravond voor het laatst gezien en haar bed is duidelijk onopgemaakt. Dus ze heeft hier geslapen.'

'Als ze om zeven uur is weggegaan, dan...' Steffan zwijgt.

'Dan had ik haar gehoord, dat weet ik zeker,' zegt Fjodr.

'Oké, half zeven dan. Had je haar dan ook gehoord?' vraagt Steffan.

'Misschien... Ik weet het niet. O shit! Ik weet het niet meer.'

'Als Shoda ontvoerd is, moeten we meteen in actie komen,' zegt Dex. Hij pakt zijn telefoon, toetst het alarmnummer in en zet het gesprek op speaker.

'Goedenavond, met de alarmcentrale.'

'Hallo...' Hij port Fjodr die naast hem staat. 'Zeg dan wat!'

Fjodr komt met zijn gezicht dicht bij de telefoon en begint: 'Met Fjodr Dacowiec. Onze dochter Shoda is er niet. We dachten dat ze vandaag op school was, maar daar is ze nooit aangekomen. Niemand weet waar ze is en...' Opeens begint zijn stem te bibberen, een paar tranen rollen over zijn wangen. 'Ik... wij... mijn man en ik...'

'Blijf kalm,' zegt de vrouw aan de telefoon. 'We gaan u helpen, maar dan moet ik eerst even een paar vragen stellen. Hoe heet uw dochter?'

'Shoda. Shoda van Limburg. Ze heeft de achternaam van mijn man Steffan.'

'En wat is het adres?'

Fjodr is helemaal de kluts kwijt. 'Van Shoda's school?'

'Nee, uw huisadres.'

'Bloemenhof 89 in Langdam. Sinds gisteravond weten we niet wat er met haar is gebeurd. Ze is verdwenen.'

'De politie is naar u onderweg. Probeert u intussen kalm te blijven. Blijf thuis en volg zo dadelijk de adviezen van de politie op.'

'Uiteraard.' Fjodr knikt alsof de vrouw van de telefooncentrale hem kan zien.

Dex verbreekt de verbinding. Nu moeten ze wachten.

Lucas grijpt naar zijn hoofd. 'Hier kan ik dus echt niet tegen.' Hij ijsbeert ongeduldig door de kamer. Allemaal denken ze aan Shoda. Waar kan ze zijn? Is ze

43

weggelopen? Waarom zou ze dat doen? Net nu ze zich zo thuis voelde bij haar vriendengroep.

Isabel kijkt uit het raam. 'Daar komen ze.'

De politieauto parkeert even later voor de oprit. Een vrouwelijke en een mannelijke agent stappen uit.

'Wat moeten we nog tegen ze zeggen?' vraagt Fjodr. 'We hebben alles toch al verteld?' Zenuwachtig loopt hij heen en weer. 'Praat jij met ze? Ik heb daar geen zin in, dat kan ik nu even niet.' Hij draait zich om en gaat naar boven. 'Ik ben in Shoda's kamer.'

Steffan opent snel de voordeur. Hij grijpt met beide handen naar zijn hoofd. 'Ik ben blij dat u er bent. Er is iets vreselijks gebeurd. Shoda... onze dochter... is weg, zomaar weg.'

De vrouwelijke agent pakt haar notitieblokje en pen uit haar borstzak als ze de kamer inloopt. 'Ik begrijp dat u erg ongerust bent. Vertelt u eens precies wat er aan de hand is. Is uw dochter misschien aan het spijbelen? Of is er gisteren iets gebeurd? Was er ruzie?'

Steffan zucht diep. 'Ruzie? Nee, nee, dat niet... We hebben echt nooit ruzie met Shoda. Er is niets gebeurd, niet dat ik weet.'

Dex en Lucas kijken elkaar aan. Ze staan met de anderen bij de deur te luisteren en ze verbazen zich over het vreemde gedrag van Shoda's ouders. Even leken ze verdrietig, maar nu doen ze gewoon raar. En waarom is Fjodr naar boven gegaan?

'Wat is er met die twee?' fluistert Lucas. 'Volgens

mij hebben ze iets te verbergen. Of hebben ze iets met de verdwijning van Shoda te maken?'

'Nee, gast,' zegt Dex. 'Dat kan toch niet. Denk effe na.'

Lucas baalt van zichzelf, hij denkt slecht over anderen. Dat slaat nergens op, wijst hij zichzelf in gedachten terecht.

Terwijl ze zachtjes met elkaar praten, komt Fjodr toch weer naar beneden. Hij ziet er slecht uit. Zijn gezicht ziet grauw en hij heeft wallen onder zijn ogen. Hij stelt zich voor aan de agente en probeert zo goed en zo kwaad als het kan antwoord te geven op haar vragen.

'Ik heb zo vaak ruzie met mijn ouders,' fluistert Lucas. 'Dat is toch normaal?'

'Vind ik ook,' zegt Dex, 'bij mij is het bijna elke dag raak. Mijn moeder zit altijd te zeuren, maar dat komt vast omdat ze zo'n drukke baan heeft en omdat mijn vader de hele week met zijn vrachtwagen weg is. Dan wordt het haar allemaal te veel.'

De agente kijkt naar de twee mannen. 'En haar moeder, waar is die? Kan zij Shoda meegenomen hebben? Dat komt weleens voor.'

Steffan legt uit waar Shoda vandaan komt. 'We weten niet eens wie haar moeder is,' zegt hij dan. 'Laat staan haar biologische vader. Ze is ooit te vondeling gelegd bij een weeshuis in Brazilië. Dus die kans is nihil.'

'Kan ze een reden hebben gehad om weg te lopen?'

vraagt de agente, terwijl ze aantekeningen blijft maken.

'Niet dat ik weet.' Fjodr haalt overdreven zijn schouders op. Hij denkt diep na en zegt opeens: 'Maar ze werd volgens mij wel gepest.'

De vrienden weten niet wat ze horen. Hoe komt hij daar nou bij? Shoda gepest? Door wie dan?

Isabel vindt de opmerking belachelijk. 'Volgens mij niet hoor.'

'Ze vond het op school niet zo leuk,' vult Steffan aan.

'Wie wel?' zegt Lucas. Verder komt hij niet, hij wordt door de politie afgekapt.

'We zijn nu met de ouders aan het praten,' zegt de agente kortaf.

'Maar Shoda werd echt niet gepest,' probeert Isabel.

'Haar ouders zullen heus wel weten wat hun dochter meemaakt. Beter dan jullie, denk ik.'

Dat denken de vijf helemaal niet. Tijdens hun lange, enge verblijf in de grotten is dat wel duidelijk geworden. Nadat Shoda daar haar geheim vertelde, voelde ze zich meer dan ooit verbonden met de groep.

Fjodr is ten einde raad. 'Wat moeten we nu doen?'

De agente blijft kalm en vraagt of Shoda een telefoon heeft. Fjodr pakt haar mobiel van de tafel en geeft hem aan de agente.

'De code is 2910,' zegt Lucas, 'maar er is niets bijzonders in te ontdekken.'

'Dat laten we een van onze specialisten uitzoeken,' zegt de agente. 'Wie weet komen er toch nog interessante gegevens boven tafel.' Ze werkt haar lijstje af. 'En een pinpas? Soms kunnen we mensen traceren via hun telefoon of omdat ze ergens met een pas betalen.'

Fjodr kijkt in de keukenla. 'Haar pinpas ligt gewoon hier.'

Oscar is verbaasd. 'Heeft Shoda een pinpas? Die heb ík nog niet eens.'

Dex kijkt rond. 'Wij allemaal wel.' Hij krijgt het steeds benauwder. Zonder bankpas ben je verloren, denkt hij. Dan kun je geen kant op.

'Ik betaal altijd via mijn telefoon,' zegt Lucas. 'Hartstikke handig.'

De agente vraagt of er dingen uit haar kamer ontbreken en welke kleren ze aan heeft of heeft meegenomen.

'En in de badkamer?' vraagt ze. 'Heeft ze misschien toiletspulletjes meegenomen? Een tandenborstel, een haarborstel of iets anders?'

Steffan rent naar boven, ze kunnen beneden horen hoe hij in de badkamer zoekt. Even later is hij weer beneden. 'Alles staat er gewoon nog.'

'Slikt ze medicijnen? Is er iets met haar gezondheid dat we zouden moeten weten?'

Fjodr en Steffan schudden allebei hun hoofd. 'Ze is kerngezond.'

'Staat haar fiets er nog?'

Nu rent Fjodr naar achteren, door de keukendeur naar het schuurtje. Even later komt hij hoofdschuddend terug. 'Nee, die is weg.'

De agente noteert de omschrijving van de fiets: merk, kleur, ouderdom.

Stiekem is Dex behoorlijk onder de indruk van de manier waarop de agente alles vraagt, het is veel meer dan er bij hem was opgekomen.

Lucas fluistert in zijn oor: 'We moeten die fiets gaan zoeken.'

Dex knikt. Hij en zijn vrienden wensen Shoda's vaders veel sterkte en gaan naar buiten. 'We lopen de weg van huis naar school,' zegt Dex. 'Als we de fiets vinden, kan dat betekenen dat ze vanmorgen van huis is gegaan en op weg naar school is ontvoerd.'

'Ze is niet ontvoerd,' zegt Lucas. 'Daar geloof ik niks van. En ik wil het ook niet geloven. Klaar.'

'Maar wat dan?' vraagt Dex.

'Geen idee.'

'Misschien is ze er in haar eentje vandoor gefietst,' probeert Oscar.

'Vreselijk.' Isabel gruwelt bij die gedachte.

Als ze twintig minuten onderweg zijn, hebben ze nog steeds niets gevonden. Bij een bushalte staat wel een damesfiets, maar die is helemaal in elkaar getrapt. Het ziet eruit alsof die er al een hele tijd ligt.

Even later komen ze langs het plantsoen. Dit is het buurtparkje, met een grasveld, struiken, bomen en een basketbalveld.

'Laten we daar eens kijken,' stelt Dex voor.

'Dit heeft helemaal geen nut,' zegt Lucas. 'Die fiets vinden we nooit. Ik word hier zo onrustig van.'

Maar als ze bij de laatste struik komen, zien ze het stuur van een fiets tussen de bladeren.

'Nee, hè,' zegt Isabel. 'Dat is Shoda's fiets!'

Oscar duwt een paar takken opzij, zodat Kaan de fiets kan pakken.

'En nu?' vraagt Isabel.

'We brengen de fiets terug naar haar ouders,' stelt Dex voor. 'Hopelijk is de politie er nog.'

Isabel begint te snikken. 'Is ze dus toch ontvoerd?'

'Misschien niet, hopelijk niet.' Dex voelt tranen achter zijn ogen prikken. Het liefste zou hij Isabel in zijn armen nemen, haar knuffelen en meehuilen, maar hij heeft geen idee hoe ze daarop zal reageren. En bovendien, wat zou de rest van de groep ervan vinden? Hij baalt van zichzelf. Ik durf nooit iets, denkt hij. Ik ben een bangerik, ik ben saai, ik ben...

'Hé Dex, ben je aan het dromen of zo?' vraagt Oscar. 'Help eens mee zoeken. Misschien liggen er kleren van haar, een tas, of iets anders.'

Ze vinden geen andere aanwijzingen. Maar ze hebben haar fiets, het bewijs dat ze hier is geweest. Het is het begin van een spoor. Ze komen ergens. Zo praten ze elkaar moed in, zodat ze niet aan het ergste hoeven te denken. Want waarom ligt haar fiets hier? Waarom zou ze die zomaar achterlaten? Het antwoord op die vragen kan alleen maar slecht zijn.

Als ze met de fiets teruglopen naar Shoda's huis, belt Kaan aan.

Steffan doet open. Fjodr staat achter hem.

'We hebben Shoda's fiets gevonden,' zegt Isabel. Ze wijst naar de fiets die Dex vasthoudt. 'Die stond in het plantsoen, verstopt achter struiken. Is de politie er nog?'

'Nee.' Fjodr slaat zijn hand voor zijn mond. 'Ze vonden de situatie blijkbaar niet ernstig genoeg, maar daar zullen ze nu vast anders over denken. Zet de fiets maar in de schuur, Dex. Ik bel meteen de politie. Ze moeten maar terugkomen. Misschien ontdekken ze vingerafdrukken en komen ze er zo achter wie Shoda heeft meegenomen.'

'Loop nou niet op de zaken vooruit,' zegt Steffan. 'Je weet helemaal niet wat er precies is gebeurd.'

Een kwartier later arriveren dezelfde agenten weer.

'Die gevonden fiets verandert de zaak,' geeft de agente toe. 'Ik geef de technische recherche opdracht een sporenonderzoek te doen.' Ze pakt haar notitieblokje erbij. 'Is er gisteravond iets gebeurd waarvan u achteraf denkt dat ze er wellicht verdrietig van werd?' Haar blik gaat naar het notitieblokje. 'Als ze echt gepest is, door wie dan ook, is de kans groot dat ze is weggelopen. Voor de zekerheid zal ik dat ook melden op school.'

Fjodr krijgt een angstvisioen. 'Wat als ze van haar fiets is gerukt en meegenomen is door een of andere man?'

'Ontvoerd? Nee, nee, daar moet ik niet aan denken!' Steffan raakt bijna in paniek.

'Dat weten we niet.' De agente stelt voor de verdwijning openbaar te maken via Burgernet en een amber alert. 'Daarvoor hebben we een signalement nodig en een recente foto.'

Dat is foute boel, denkt Dex.

Terwijl Fjodr een foto zoekt op zijn telefoon, begint Steffan haar te omschrijven.

'Ze heeft donker haar, halflang, bruine ogen. Ze heeft een normaal postuur. Ze draagt vaak sneakers van het merk Yeezy Boost.' Als hij eenmaal is begonnen kan hij niet meer stoppen. Het is opvallend hoeveel details hij kan opnoemen. Hij heeft echt een heel scherp beeld van Shoda.

Lucas knikt driftig met zijn hoofd, hij is het eens met alles wat Steffan zegt. Elke keer als hem een detail te binnen schiet waarvan hij zeker weet dat ze het zullen vergeten, zegt Steffan het al. 'Ze heeft erg mooie handen.'

Ook daar is Lucas het mee eens.

'Gisteren droeg ze lichtblauwe Denham-jeans en een trui van Stone Island,' herinnert Isabel zich. 'Die was roze.'

Steffan appt een foto naar de agente. Even later herhaalt ze het signalement en vat het verhaal samen. 'Shoda van Limburg is veertien jaar. Ze woont in Langdam en ze is sinds gisteravond niet meer gezien.' Ze stuurt alle informatie door en het amber alert gaat eruit.

Isabel is niet tevreden. Er zit haar iets dwars en ze

moet het zeggen. 'Weglopen? Dat zou ze nooit doen. Als ze problemen had, zou ze dat juist met ons bespreken. We zijn heel close met elkaar.' Ze kijkt naar de andere vier. 'Close met ons allemaal. Spijbelen heeft ze ook nog nooit gedaan, zo is Shoda niet.'

'Als jullie nou even naar buiten gaan,' zegt de andere agent, 'dan kunnen wij hier rustig ons werk doen. Het is al moeilijk genoeg zonder dat jullie er de hele tijd doorheen kletsen.' Met die woorden probeert hij hen naar de voordeur te leiden. Maar de vrienden laten zich niet naar buiten duwen.

'Hier klopt helemaal niks van,' zegt Isabel. 'Wij zijn degenen die haar als eerste hebben gemist, ze is onze vriendin.'

'Precies,' zegt Dex. 'Shoda wordt niet gepest.'

Daar zijn de anderen het mee eens.

'Nee, juist zij niet,' zegt Lucas.

'Misschien is ze toch ontvoerd...' Vanaf het moment dat iemand dat heeft gezegd, spookt het in het hoofd van Dex.

Een kwartier later komt het amber alert over Shoda binnen. Lucas opent het als eerste op zijn telefoon. Het is haar foto met haar naam en leeftijd. Onderaan staat het telefoonnummer van de politie. 'Moet er niet meer informatie bij?' vraagt hij.

'Bij een amber alert niet,' licht de agente toe. 'Op Facebook, Twitter en Instagram staat uitgebreidere informatie.'

'Doen jullie dat vaak? Het verspreiden van een amber alert?' vraagt Isabel.

'Zo'n drie keer per jaar. Alleen als er sprake is van een heel ernstige situatie na een vermissing of ontvoering.'

'*Oh my God*,' Isabel voelt zich duizelig worden en moet gaan zitten. 'Wat vreselijk allemaal. Komt ze ook op tv?'

De agent kijkt op zijn horloge. 'Over tien minuten, voor het reclameblok.'

Steffan pakt de afstandsbediening die op de leuning van de bank ligt en zet de tv aan.

'Als er nieuws is, nemen we contact met u op,' zegt de agente en nadat ze iedereen gerust heeft gesteld, vertrekken ze. Steffan en Fjodr ploffen terneergeslagen op de bank.

'Gaan jullie maar naar huis,' stelt Steffan voor. 'Jullie ouders zullen ongerust zijn.' Met een doodse blik staart hij naar de tv.

Lucas heeft andere plannen. 'Mogen wij misschien nog even in Shoda's kamer zoeken?' vraagt hij.

'Wat wil je daar dan doen?' vraagt Fjodr niet-begrijpend.

'Wij weten misschien beter wat we moeten zoeken dan anderen.'

Fjodr is het er niet mee eens, maar Steffan zegt dat ze hun gang kunnen gaan.

Ze rennen naar boven.

'We moeten haar laptop controleren.'

'Waarom?' vraagt Kaan.

'Als ze is verdwenen heeft ze misschien nog gechat met iemand. Stel dat ze ergens heeft afgesproken en dat het uit de hand is gelopen, of zo. Een mooi klusje voor mij.' Lucas pakt de laptop van haar bureau en nestelt zich op Shoda's bed.

Kaan trekt wit weg. 'Daar trapt Shoda toch nooit in?'

'Ik hoop het niet.'

Om toegang tot de computer te krijgen moeten ze een wachtwoord invullen. Lucas probeert eerst 2910, dezelfde code als van haar telefoon.

'Waarom eigenlijk 2910?' vraagt Isabel.

'Shoda is 29 oktober jarig, vandaar.'

'O, dat wist ik nog niet eens. Waarom jij wel?'

Lucas reageert niet. Hij probeert nog '29 oktober' en 'Shoda29oktober', maar steeds wordt de toegang geweigerd.

Isabel krijgt een idee: 'Of misschien heeft ze mijn naam als wachtwoord, omdat we beste vriendinnen zijn.'

Weer blijkt het wachtwoord fout.

'Probeer anders al onze namen in te vullen,' stelt Dex voor.

'Belachelijk,' zegt Oscar. 'Dat gaat 'm niet worden.'

Maar als Lucas zijn eigen naam intypt, heeft hij ineens wel toegang. Hij krijgt een hoofd als een overrijpe tomaat.

'Hè, hoe dan?' Oscar snapt er niets van.

'Ze is vast verliefd op Lucas,' zegt Isabel. 'En jij op haar, zeker?'

'Nou ja...'

'Echt waar? Zeg op!'

'Ik vind haar wel leuk, ja.'

Oscar is compleet verrast. 'We zouden elkaar toch altijd alles vertellen? Dat hebben we in de grot afgesproken. Waarom weten wij hier dan niks van?'

'Eh, ik vind het lastig om erover te praten, maar ik heb er nooit iets, eh... van gemerkt dat zij mij ook leuk vindt, eigenlijk.'

'O, jongens,' verzucht Isabel, 'waarom vraag je dat dan niet gewoon? Ben je bang voor haar of zo?'

'Nee, nee, maar ik ben daar niet zo handig in. Als ik stress voel, kom ik niet goed uit mijn woorden. Shit! En nu is ze weg. We moeten haar vinden, oké? Dat moet.' Hij ramt als een bezetene op het toetsenbord, controleert Shoda's internetgeschiedenis en Messenger en kampt daarna met dubbele gevoelens. 'Shoda heeft met niemand gechat.'

'Dat is toch goed nieuws? Waarom kijk je dan als een bevroren ijskonijn?' vraagt Isabel.

'Als ze wel had gechat, hadden we ontdekt met wie en waar ze nu is,' legt Lucas uit. 'Dan hadden we naar haar toe gekund. Om haar te bevrijden, om haar te helpen. Nu zijn we nog geen stap verder. Ze kan zomaar door een wildvreemd iemand zijn meegenomen. Anders had ze haar telefoon toch gewoon bij zich gehad?'

Isabel wordt gek van de gedachte dat haar hartsvriendin mogelijk is ontvoerd. 'Dat vergeet je je hele leven niet meer. Als ze later oma is, loopt ze nog bij een psychiater.'

Uit eigen ervaring weet Dex dat je met een paar keer bij een psych al een heel eind komt om nare dingen te verwerken. Vooral na de periode waarin hij zo werd gepest heeft hij veel steun gehad aan zo iemand.

Zachtjes gaan de vrienden de trap af en komen de huiskamer in.

Steffan wijst naar de tv. 'Het begint zo.'

Oscar en Dex pakken een eetkamerstoel, terwijl de rest op de bank plaatsneemt.

'De politie vraagt uw aandacht voor het volgende.'

Isabel brengt haar hand naar haar mond als ze de foto van Shoda groot op het scherm ziet. Ze vindt de stem van de nieuwslezer afstandelijk, alsof hij niet meeleeft. Alsof het hem niets kan schelen wat er met Shoda is gebeurd.

'Gisteravond of vanmorgen is Shoda van Limburg verdwenen. Shoda is veertien jaar. Ze heeft donker, krullend haar en een normaal postuur. Ze droeg waarschijnlijk lichtblauwe jeans van het merk Denham en een roze trui van Stone Island. Haar opvallende sneakers zijn van het merk Yeezy Boost. Heeft u haar gezien? Neem dan contact op met de plaatselijke politie of bel 0900-8844. Ik herhaal...'

Fjodr pakt de afstandsbediening en zet de tv uit.

Steffan en Fjodr kijken elkaar aan en zuchten diep.

Ze beseffen dat het vanaf nu een gekkenhuis zal worden. Hun leven komt volledig op zijn kop te staan. Alsof de verdwijning van Shoda al niet meer dan genoeg is.

HOOFDSTUK 6

DE WIJK IS ROT

De vriendengroep hoort geroezemoes en gaat naar buiten. Ze zien dat er veel mensen op de been zijn.

Een man met een hond, die Dex eerder op straat heeft gezien, loopt naar de voordeur. 'Ik kreeg net een amber alert. Is dat jullie dochter?'

Dex ziet dat Steffan knikt en triest voor zich uit kijkt. Hij krijgt het er steeds moeilijker mee. De angst dat Shoda iets is overkomen lijkt hem te verlammen.

De man pakt zijn telefoon uit zijn binnenzak en toont zich strijdbaar. 'Niet bij de pakken neerzitten, ze is vast ergens in de buurt. Ik heb al twaalf buurtbewoners opgetrommeld en zet nu een oproep in de wijkapp. We gaan met z'n allen zoeken. Billy gaat ook mee. Hij heeft een ongelooflijk reukvermogen, een echte jachthond.'

Billy blaft alsof hij het ermee eens is.

'We gaan mee zoeken,' zegt Dex. 'Al duurt het de hele nacht. We moeten Shoda vinden.' Hij stuurt zijn moeder een appje om te laten weten dat hij voorlopig niet thuiskomt. Ook de rest laat het thuisfront weten dat ze naar Shoda gaan speuren.

In een ommezien staat er een heel groepje bezorgde buurtbewoners op de stoep. Waar komen die zo snel vandaan, denkt Dex.

De man met de hond wenkt. 'Kom mee allemaal. We gaan zoeken.'

'Moeten we geen plan maken?' vraagt Steffan. 'De politie is ook al bezig. We moeten dit op z'n minst met hen afstemmen.'

'Je hebt gelijk,' zegt de man van de hond. 'We moeten samenwerken met de politie. Niet allemaal op eigen houtje gaan rondrennen.'

Er wordt gebeld, gepraat en geroepen, er worden verzamelpunten afgesproken. Ze gaan zoeken bij de school, bij de hangplek op het centrale plein en op nog een paar andere plekken.

'We gaan de hele wijk door en als Shoda dan nog niet terug is, gaan we naar andere wijken.'

'Moeten we geen schep meenemen?' vraagt een buurvrouw.

'Waarvoor dan?' vraagt een van de omstanders. 'Om een lijk op te graven? Wat een onzin!'

Isabel voelt zich opeens misselijk worden.

'Zal ik thuis zaklampen ophalen?' vraagt een vrouw uit een andere wijk. 'Over een halfuur is het donker.'

'Dat kost te veel tijd,' zegt de man van de hond. 'Bovendien kunnen we met onze telefoons bijschijnen. Kom, we gaan.' De man en zijn hond gaan voorop.

Dex kijkt om zich heen. Hij ziet dat de groep die mee wil helpen met zoeken steeds groter wordt. Er wordt veel gepraat en geroepen. Ook veel klasgenoten hebben zich inmiddels gemeld. Zelfs bullebak Fransen is erbij. Misschien is hij toch aardiger dan ik dacht, denkt Dex.

Het is net alsof de geluiden steeds harder worden. Iedereen praat door elkaar heen. Dex tikt Oscar op zijn schouder. 'Dit is chaos,' zegt hij. 'We lopen hier rond als een kip zonder kop. Waarom is Shoda verdwenen? We hebben helemaal geen aanwijzingen of sporen.'

'Wat wil je dan?' vraagt Oscar. Hij is juist blij dat hij in actie kan komen. 'Op je kont blijven zitten en eerst nadenken over de antwoorden op al die vragen? Dan weet je zeker dat je haar niet vindt. Speuren met zo veel mogelijk mensen is het beste wat we kunnen doen. Shoda moet terug. Ze is een van ons.'

Een klasgenoot die vorig jaar is blijven zitten en groter is dan de rest zegt dat het waarschijnlijk een ontvoering is. 'Dat zou mij als jongen nooit overkomen. Ik zou er flink op los rammen. Ze moeten met hun poten van me afblijven.'

Oscar reageert scherp. 'Wat een bullshit. Hou toch op. Meisjes zijn zwak en laten zich op de kop zitten en jongens zijn allemaal stoer? Wat een onzin! Wat maakt het nou uit of je een jongen of een meisje bent?' Hij wendt zich tot Dex. 'Hadden wij iets voor Shoda kunnen doen? Hebben we niet opgelet? We zouden toch altijd voor elkaar zorgen. Dat hebben we toch in de grot afgesproken?'

'Klopt,' zegt Dex. 'Toen dachten we dat we daar nooit meer uit zouden komen. Maar misschien hebben we de laatste tijd toch niet zo goed opgelet.'

'We weten wat haar grootste angst is,' zegt Oscar. 'En toch is ze weg.'

'Zou het met haar geheim te maken hebben?' vraagt Lucas.

Dex haalt zijn schouders op. 'Hoe dan?'

Intussen kijken ze goed of ze Shoda ergens zien. Als er auto's langs de weg of op een oprit staan, wordt er door een van de speurders bij het huis aangebeld om te vragen of ze de kofferbak willen openen, voor het geval Shoda erin is verstopt. Iedereen werkt eraan mee. Maar van Shoda is geen spoor te bekennen. Ook onder takken van struiken in tuinen en in de bermen wordt gezocht.

Dex weet niet wat hij ervan moet vinden. Alsof Shoda opeens uit een van de struiken tevoorschijn kan komen. Hij gelooft niet in sprookjes. Hij heeft nog steeds dat rare gevoel over haar ouders, maar dat durft hij niet hardop te zeggen. Dan denkt iedereen dat hij gek is.

Voor hen lopen drie vrouwen van middelbare leeftijd. Ze smoezen met elkaar.

'Het is ook geen wonder dat zo'n arm meisje zomaar verdwijnt,' zegt een vrouw met bolle wangen. 'Deze wijk is rot.'

'Rot?' herhaalt een andere vrouw. Ze haalt haar grote neus op. 'Je bedoelt zeker dat gedoe met die pedo die hier is komen wonen? Dat is te gek voor woorden!'

'Precies. Ik heb een kleindochter van vijftien. Als het donker is, mag ze de straat niet meer op. Ze zeggen dat het niet waar is, maar als je die vent ziet weet je het al. Dat is toch niet normaal?'

'Groot gelijk om kinderen goed te beschermen,' zegt de derde vrouw.

Dex kijkt letterlijk tegen haar op. Ze lijkt wel twee meter lang. Hij begrijpt niet zo goed wat hij allemaal hoort.

'Ik ben blij dat mijn kinderen al dik in de twintig zijn, maar zelfs dan moet je nog uitkijken. Je weet maar nooit. Er lopen hier heel rare figuren rond. Ik heb ook gehoord dat die vent een poos geleden uit de gevangenis is ontslagen. Een viespeuk die zijn handen niet kon thuishouden bij een meisje. Hij schijnt bijna een jaar in de bak gezeten te hebben.'

'En nou woont hij hier. Lekker dan,' klaagt de middelste vrouw.

'Ze zeggen dat hij in een andere provincie woonde toen hij werd gepakt. Volgens mij in Limburg. Nu woont hij hier, bij ons, om met een schone lei te beginnen. Hij zit boven de groenteboer. Het zou me niet verbazen als hij weer in de fout is gegaan. Het is toch te erg wat dat verdwenen meisje nu overkomt. Ik snap ook niet dat ze zo'n man hier laten wonen.'

Een oudere man heeft flarden van het gesprek opgevangen. Hij spreekt de vrouwen aan. 'Wat een gekakels, zeg. Je weet niet eens of het waar is wat je zegt. En al is het zo, iedereen verdient een tweede kans. Als die man zijn straf erop heeft zitten, zal hij toch ergens moeten wonen? Het is juist goed dat hij van onze gemeente de mogelijkheid krijgt een nieuw leven op te bouwen.'

'O, jij hebt zeker geen kinderen,' zegt een van de vrouwen. 'Ik hoor het al. Want dan zou je wel bang zijn.'

'Een nieuw leven?' De vrouw met de bolle wangen wordt boos. 'Het zou je eigen kind maar zijn dat zoiets overkomt. Zulke mannen zijn monsters. Die horen in een inrichting thuis, levenslang. Ik durf te wedden dat hij dit meisje ook heeft ontvoerd. God mag weten wat hij allemaal met haar uitvoert. Walgelijk!'

Dex loopt wat langzamer met zijn vrienden, zodat de afstand tot de drie vrouwen wat groter wordt. 'Hebben jullie die vrouwen horen praten?' vraagt hij.

'Bolle, Neus en Lange, bedoel je?' vraagt Oscar.

Dex knikt. 'Ze hebben het over een pedo, iemand die seks wil met kinderen.' Hij kan er zich geen voorstelling van maken. 'Hoe ziek ben je dan? Denken jullie dat hij dat ook met Shoda wil?'

Lucas haalt zijn neus op. 'Hou op, man!'

'Maar wat als ze gelijk hebben? Hoe heet die man? En woont hij echt boven de groenteboer? Moeten we daar dan niet naartoe?' stelt Oscar voor.

'Veel te gevaarlijk,' zegt Dex.

'Niet als we met z'n allen zijn.'

'Ja, en dan? Wat doen we dan?'

'Weet ik veel, maar iemand moet naar die vent. Als wij het niet doen doet niemand het. Zo is het toch?' Die laatste woorden van Oscar klinken maar al te waar. Ze moeten voor elkaar zorgen.

Isabel begint intussen te slenteren, ze is al een tijdje stil. 'Ik ben helemaal kapot,' zegt ze opeens. Snikkend schudt ze haar hoofd. 'Ik kan straks naar bed, maar Shoda niet. Hoe moet het nu verder met haar? Waar is ze?'

Ondertussen is het een complete kermis geworden. Bijna honderd man zijn op de been en het worden er steeds meer.

Een vrouw met een schoudertas mengt zich tussen de speurders. Naast haar loopt een man met een camera. Ze pakt een blocnote en een pen uit haar tas en stapt op mensen af. 'Kent u Shoda van Limburg? Wat voor meisje is ze? Kunt u iets over haar vertellen?'

Iedereen wil wel iets vertellen, iedereen wil met zijn gezicht voor de camera. Ook Isabel steekt haar vinger op, maar Dex pakt haar hand en trekt hem snel weer naar beneden.

'We gaan niets aan de pers vertellen. Daar doen we niet aan mee.'

De cameraman maakt opnames van mensen die zelfs in containers langs de weg kijken of Shoda daarin ligt.

'Hysterisch,' zucht Dex. 'Alsof we haar op deze manier gaan vinden. Volgens mij wordt het zo alleen maar erger.'

De vrouw met de bolle wangen vindt het wel interessant om op tv te komen. 'Ik ken dat meisje een beetje. Volgens mij heb ik haar laatst langs ons huis zien fietsen. Of in ieder geval leek ze op het meisje van de foto.'

'Heeft u haar ook gesproken?' vraagt de journaliste.

'Nee, ze fietste heel snel voorbij. Maar ik heb haar dus wel gezien.' Ze strijkt snel door haar gepermanente krullen.

De journaliste kijkt naar haar cameraman en schudt van nee. 'Sorry, dit is te mager voor een verhaal. We vragen even iemand anders.'

Nog iets later beginnen veel mensen af te haken. Het is nacht en hartstikke donker.

Dex kijkt op zijn telefoon. 'Het is al bijna twaalf uur.'

Isabel houdt het niet droog. 'Laten we Shoda dan niet in de steek?'

'We kunnen niet oneindig blijven zoeken,' zegt Lucas. 'We moeten op een gegeven moment naar huis. Anders komen we morgen ons bed niet uit.'

Als Dex thuiskomt wil zijn moeder weten wat er allemaal aan de hand is. Hij vertelt ook over de geruchten van een kinderlokker. 'Wie weet heeft hij Shoda wel vastgebonden aan een stoel, met een prop in haar mond.'

'Hoe kom jij nou aan van die rare ideeën? Zo moet je niet denken,' zegt zijn moeder. 'Je moet positief blijven.'

'Hoe dan?' Dex zucht diep. 'Ik weet het ook niet meer.'

'Ga lekker slapen,' zegt zijn moeder.

'Ik kan toch niet slapen!' roept Dex. 'Ik ga nog gamen.'

'Echt niet.'

'Echt wel. Zeur toch niet zo, mam.'

'Niet zo brutaal jij.' Zijn moeder begint er weer over dat ze er doordeweeks alleen voor staat. 'Ik wou dat je vader een andere baan zocht en meer aandacht aan jou kon besteden. Dan zou je wel anders piepen.'

Dex smijt de deur van de woonkamer dicht en loopt stampend naar boven. Hij baalt ervan dat zijn moeder hem niet begrijpt en niet weet wat er zich allemaal in zijn hoofd afspeelt. Ook al is dat niet zo gek, denkt hij. Soms snapt hij zichzelf niet eens.

Nog lange tijd zit hij aan zijn bureau en gamet hij op twee grote schermen. Met als gevolg dat hij kan niet slapen. Alle gebeurtenissen van de dag malen door zijn hoofd.

De volgende ochtend slaapt hij door de wekker heen.

'Dex, kom je bed uit!' roept zijn moeder. 'Ik heb je al drie keer geroepen.'

'Jahaa, ik kom al.'

'En denk eraan dat je vandaag een keer op tijd thuis

bent. Ik kom speciaal eerder terug van kantoor. Om half zes eten we!' roept ze van beneden.

'Jahaa,' herhaalt Dex. Hij komt zijn bed uit en springt onder de douche. Tijd voor het ontbijt heeft hij niet. Hij pakt zijn rugzak, waar hij sinds gisteren niet meer naar om heeft gekeken. Zijn moeder is intussen al naar haar werk. Hij checkt de groepsapp, maar er zijn geen nieuwe berichten.

HOOFDSTUK 7

EEN SOCIOGRAM

Op het schoolplein zoekt Dex meteen zijn vrienden op.

'Is er nog nieuws?' vraagt Isabel.

Dex schudt van nee.

Kaan maakt zich zorgen. 'Ik heb het huiswerk niet gemaakt. Het eerste uur hebben we meteen Fransen. Die man controleert altijd of het werk af is.'

Oscar vindt het maar onzin. 'Niemand heeft huiswerk gemaakt. Dat zal zelfs Fransen wel begrijpen. Mijn hoofd staat er helemaal niet naar om ook maar een klein beetje aan school te denken.'

Als de zoemer gaat, slenteren de honderden leerlingen naar hun klaslokalen. Dex ziet dat niet meneer Fransen maar mevrouw Engel de klas in komt. Ze is de rector en heeft de bijnaam Engerd.

'Ga snel zitten, zet je tas neer en luister.' Om haar

woorden kracht bij te zetten klapt ze drie keer hard in haar handen.

Dex en Isabel zitten vooraan naast elkaar.

'Wat moet zij hier?' fluistert Isabel tegen Dex. 'Ze zit altijd in haar kantoor. Ik ken dat mens helemaal niet.'

Dex haalt zijn schouders op.

'Wil iedereen, inclusief Isabel, stil zijn?'

'O, nou heb ik het weer gedaan, zeker,' mompelt Isabel in zichzelf. Ze vindt het altijd vervelend om zo direct aangesproken te worden en schaamt zich.

'Zoals jullie ongetwijfeld weten is Shoda van Limburg opeens verdwenen. Dat is vreselijk. Er is een amber alert uitgegaan en het is zelfs op de tv geweest. De hele wijk heeft meegeholpen met zoeken. Helaas nog zonder resultaat. De politie onderzoekt de zaak. Gisteravond nam een agent contact met me op. Ik ben enorm geschrokken van wat zij te vertellen had.' Mevrouw Engel duwt haar rechterhand plat tegen haar hart. 'Volgens de ouders van Shoda werd ze gepest. Dat raakte me. Het valt me enorm van jullie tegen. Er wordt door de leerkrachten veel aandacht aan het pedagogische klimaat besteed. We hebben aan het begin van het schooljaar bewust een kamp voor jullie in de Ardennen georganiseerd, zodat jullie elkaar goed leerden kennen. Wij, en daarmee bedoel ik de directie en alle leerkrachten, willen dat het hier veilig is voor alle leerlingen. Maar als er gepest wordt, lukt dat niet. Dus valt ook niet uit te sluiten dat jullie pestgedrag mogelijk tot de verdwijning van Shoda heeft geleid. Dat valt me erg van jullie tegen. Ik dacht dat jullie kanjers waren, maar ik heb me vergist.'

Kanjers. Dex kan dat woord niet meer horen. Volwassenen denken dat het leuk is om over kinderen te praten alsof het honden zijn.

Zijn gedachten gaan terug naar groep 8. Daar werd hij nog steeds gepest omdat hij iets dikker was dan de rest. Omdat hij een beetje loenste als hij moe was. Omdat hij soms wat in zichzelf gekeerd was. Of omdat hij soms driftbuien had. Er was altijd wel wat. Maandenlang ging hij met buikpijn naar school. Zijn juffen hadden vol overtuiging een meerdaagse kanjertraining gevolgd met als doel het pestgedrag uit te bannen en de leerlingen weerbaarder te maken. Daar hadden ze zelfs petjes voor. Dex vond het helemaal niets. Hij was niet weerbaar. Dat durfde hij niet. Het had ook te maken met die stomme petjes. Als je de witte pet droeg, durfde je jezelf te zijn en vertrouwde je anderen. Maar Dex vertrouwde zijn klasgenoten niet. In de klas deden ze poeslief, maar na schooltijd werd hij regelmatig geslagen. En nu moeten ze weer 'kanjers' zijn.

Mevrouw Engel gaat driftig door, hoe vuriger haar pleidooi, hoe meer speeksel er door de lucht vliegt.

Isabel haalt overdreven de mouw van haar trui over haar gezicht.

Voor Dex is de maat vol. 'Wat weet u daar nou van? Het is niet eens waar!' roept hij. 'Shoda wordt niet gepest, haar ouders zeggen maar wat.'

Mevrouw Engel is verbaasd. 'Nou ja, zeg. Waar haal je het lef vandaan?'

'Het heeft niets met lef te maken,' kaatst Dex terug. 'U bent nog nooit in onze klas geweest. U kent Shoda helemaal niet.' Hij wijst naar zijn vrienden. 'Wij wel. Ik weet zeker dat Shoda niet werd gepest.'

'Dat zal nog wel blijken.' Mevrouw Engel pakt een stapel blaadjes uit haar tas. 'Dit is het perfecte moment om een sociogram te doen. Als jullie de vragen beantwoorden, zet ik de gegevens daarna in de computer en kom ik meer te weten over de verhoudingen in deze klas.'

Nee hé, dit is echt te stom. Zo'n sociogram moest Dex ook invullen op de basisschool. Hij moest toen vier vragen beantwoorden: met wie wil je graag samenwerken? En met wie liever niet? Met wie wil je graag spelen? En met wie niet? Bij elke vraag moest je drie namen invullen. Niet echt coole vragen.

Na tien minuten heeft de hele klas de vragenlijst ingeleverd en komt Fransen de klas binnen. Net als gisteren tekent hij aan dat Shoda afwezig is en gaat hij over tot de orde van de dag.

Dex ergert zich dood. Als er gedoe is wordt meteen dat achterlijke pestprotocol uit de kast gehaald. Lekker makkelijk. Alsof dat iets oplost. Het lijkt wel of niemand erachter wil komen wat er met Shoda gebeurd is. Hij staart voor zich uit.

'*Are you dreaming, mister Dex?*' vraagt Fransen op een toon die lollig moet klinken. Niemand lacht.

'*No, sir,*' antwoordt Dex uit beleefdheid. '*I am shitting.*'

De klas barst in lachen uit en Dex krijgt een rooie kop. Hij wilde '*sitting*' zeggen maar het kwam er verkeerd uit.

Zelfs Fransen moet lachen. '*Keep it clean, Dex.*'

De behandeling van de Engelse grammatica gaat aan hem en zijn vrienden voorbij.

Hoe zou het nu met Shoda gaan? Hij zit naast Kaan en heeft weer zo'n onverklaarbaar gevoel; hij voelt gewoon dat zijn vriend bang is, dat er iets ergs met Shoda is gebeurd. Hij weet niet zo goed wat hij ermee moet. Hij legt zijn hand even op Kaans schouder. 'We vinden haar wel,' zegt hij.

Ondertussen is Kaan vooral opgelucht dat Fransen het huiswerk niet controleert.

Aan het einde van de laatste les komt mevrouw Engel weer de klas in. 'Ik heb jullie antwoorden verwerkt en er komt uit dat Shoda een geliefde leerling is. Ze wordt niet uitgesloten en niet gepest.'

'Dat wisten wij allang,' zegt Lucas. 'Dat zeiden we toch?'

Dex knikt. Hebben haar ouders een ander beeld van Shoda? Waarom denken zij dat ze gepest wordt? Waarom zeggen ze dat?

Het klopt niet, het klopt niet, het klopt niet.

HOOFDSTUK 8

NARE GEDACHTEN

'*Duy beni, duy beni,*' Als Kaan ophoudt met zingen, galmt zijn stem nog lang door de grot. Ze zijn tot rust gekomen. Kaan kan dat. Het is alsof hij met zijn stem bij je naar binnen zingt en je daar verwarmt. Maar nu het weer stil is, dringt de koude werkelijkheid zich op. Ze zijn verdwaald, ze hebben zichzelf opgesloten en niemand weet waar ze zijn.

De rillingen lopen bij Dex over zijn rug. Niet alleen omdat het koud is. Hij heeft geen idee wat hij moet doen. Elkaar vasthouden is goed en hij hoopt dat ze daar niet mee zullen ophouden, al komen ze daardoor niet weg.

Langzaam kruipen zijn gedachten van hem weg en wordt hij overvallen door steeds ergere twijfel. Dat hij nooit meer uit de grot zal komen, dat hij zijn vader en moeder nooit meer zal zien. Dat hij niemand meer zal zien. Hij kan de nare gedachten niet stoppen. Hij verlangt er zelfs naar die stomme meneer Fransen weer te zien. Hij heeft honger en dorst en hij moet plassen. Alles tegelijk. Hij zou willen schreeuwen, heel, heel hard. Zo hard dat het pijn doet.

HOOFDSTUK 9

OPGEFOKT

Na schooltijd fietsen ze naar De Bus. Er is verder niemand. Ze kunnen er ongestoord met elkaar praten.

'Ik ben bekaf,' zegt Dex. Hij zegt er niet bij dat hij ook een beetje bang is. Hij haalt blikjes energydrink uit zijn tas. 'Wie wil ook?'

Iedereen steekt zijn hand op.

'Daar ben ik wel aan toe,' zegt Isabel. 'Wat een shitdag. Als het zo doorgaat, ga ik van school af. Hoe durft Engerd te beweren dat Shoda gepest wordt?'

'Ze heeft het van de politie,' zegt Kaan. 'En die hebben het weer van Shoda's ouders, dus ze moest er wel wat mee doen.' Kaan denkt altijd eerst goed na voordat hij reageert.

Isabel vouwt demonstratief haar armen over elkaar. 'Ik denk dat ik naar het Anton de Komcollege ga aan de andere kant van de stad. Daar schijn je veel meer vrijheid te hebben en zitten de leraren niet zo te zeuren.'

Kaan snapt haar opmerking niet. 'Daar schiet je niets mee op. Dan valt onze groep uit elkaar en we krijgen er Shoda niet mee terug. Bovendien heb je op elke school leraren die er de ballen van begrijpen hoe ze met leerlingen moeten omgaan.'

Lucas houdt zich intussen afzijdig. Na de laatste slok uit zijn blikje is hij druk met zijn laptop, die hij op de stadswifi aansluit. Met een onnavolgbare snelheid gaan zijn vingers over het toetsenbord.

'Ga je een filmpje kijken?' vraagt Dex.

'Nee.' Hij kijkt mysterieus. 'Weleens van hacken gehoord?'

'Ja, hè hè, wat denk je?' zegt Dex, 'maar wil je zeggen dat je dat nu aan het doen bent?'

'Als je het niet verder vertelt... Ja, ik ben aan het hacken, maar het is voor een goed doel.'

'Dat mag toch niet?' vraagt Isabel verbaasd.

'Er mag zoveel niet. Ik breek in op de site van de gemeente, om te zien wie er precies boven de groenteboer woont. En ik probeer in het systeem van de rechtbank te komen. Als het echt een viespeuk is die daar woont, dan is dat daar bekend.'

'En dan is hij voor mij,' zegt Oscar stoer.

'En mij,' voegt Dex eraan toe.

Lucas balt zijn vuist. 'Voor ons allemaal,' zegt hij zonder van het computerscherm op te kijken.

'Laten we sowieso naar dat adres gaan,' zegt Kaan.

'Dan zoeken we daar naar bewijs. Er moet iets te vinden zijn.'

Dex kijkt vol bewondering hoe Lucas te werk gaat. Zelf weet hij alles van gamen, maar voor hacken moet je echt wel intelligent zijn.

Na een poosje schudt Lucas zijn hoofd.

'Wat is er?' vraagt Dex. 'Lukt het niet?'

'Dit is echt balen. De meeste sites van de gemeentes zijn zo slecht beveiligd dat zelfs een duffe digibeet ze kan hacken.'

'Nou, ik anders niet hoor,' zegt Isabel.

'Ik nu dus ook niet. De laatste tijd wordt er zoveel gehackt dat gemeentes hun sites extra beschermen. Maar ik heb een ander idee. Ik gebruik mijn vaders wachtwoorden.' Lucas' vader werkt bij de gemeente.

'Wat?' Isabel is verbaasd. 'Dat is hartstikke verboden!'

'Klopt, maar we moeten íets doen.'

'En, weet je het al?' vraagt Dex.

'Nog even geduld. Ik heb wel een naam, maar straks woont er iemand die onschuldig is. Ik moet eerst weten of dit de goeie is. Ik googel hem even, dan weten we het zo.'

Dex kijkt over Lucas' schouders mee. Googelen, dat begrijpt hij wel. Lucas typt de naam in en een seconde later vult het scherm zich met berichten en links naar andere pagina's.

'Verrek,' zegt Lucas. 'Sven Alsman, 29 jaar oud, woont op dat adres.' Hij leest voor van het scherm.

'Maar voor de rest staat er niets. Het zal wel met privacy te maken hebben.'

'Kun je niet op de site van de rechtbank inbreken?' stelt Isabel voor. 'Daar staat vast wel wat hij heeft gedaan.' Ze trekt een zuur gezicht.

Lucas gaat naar de site van de rechtbank. Na tien minuten geeft hij de moed op. 'Sorry, dit soort sites hacken is toch moeilijker dan ik dacht.'

'Wel raar dat zo'n man dan meteen weer toeslaat,' zegt Oscar. 'Dat zou je niet verwachten. Dat is toch niet slim?'

'Slim? Zo'n man is natuurlijk niet slim, anders begin je toch niet aan zoiets?' zegt Isabel.

'Zou hij Shoda ontvoerd hebben?' vraagt Dex.

'Hallo! We weten helemaal niet of hij iets heeft gedaan,' zegt Isabel. 'Zo zijn we net zo erg als die vrouwen Bolle, Lange en Neus. Nou, dat willen we niet. Wat als hij onschuldig is?'

'Onschuldig?' herhaalt Oscar. 'Die vrouwen vertellen toch niet zomaar iets. Kom op, we gaan erheen.' Hij staat klaar om in actie te komen.

De vrienden laten hun fietsen bij De Bus staan en lopen via het plein naar een van de zijstraten. Oscar, Lucas en Isabel lopen voorop. Kaan en Dex sjokken erachteraan. Ze hebben een doel: het huis van die Alsman.

'Moeten we aanbellen?' vraagt Kaan. 'Zo'n man laat ons er toch nooit in?'

'We rammen gewoon die deur in,' stelt Oscar voor.

'We rammen helemaal niks in,' zegt Dex. 'Rammen is stom. Dan worden we meteen door de politie opgepakt. Hou je kop er toch eens bij en reageer niet zo impulsief.'

Oscar is helemaal opgefokt en gaat met gebalde vuisten tegenover Dex staan. 'Zal ik jou anders even in elkaar timmeren?'

Gelaten sluit Dex zijn ogen. Nu word ik wéér in elkaar geslagen, denkt hij. Ik laat me wel erg makkelijk op mijn kop zitten. Hij verwacht elk moment een klap.

Gelukkig komt Kaan tussenbeide. 'Effe rustig blijven, ja? Vrienden slaan elkaar niet, die helpen elkaar juist. Toch, Oscar? Weet je nog van de grot?'

Oscar laat zijn vuisten zakken.

'Sorry, Dex. Ik ben gewoon een beetje hyper.'

'Mooi, we moeten goed nadenken. Waarom willen we inbreken?' Isabel geeft zelf antwoord: 'Om te kijken of Shoda hier is en haar te bevrijden. Dan moeten we juist zo stil mogelijk proberen binnen te komen. Dan kunnen we hem verrassen en vastbinden.'

'Hiernaast zit een bloemenzaak.' Kaan krijgt een idee. 'Ik haal daar even touw. Dat kan van pas komen.'

'Vraag meteen of ze een deegroller hebben,' zegt Oscar. Hij kijkt vurig uit zijn ogen. 'Dan hebben we een wapen. Of traangas, of een atoombom, nog beter.' Oscar kan het niet helpen, hij draaft altijd door.

'Kappen nou,' zegt Lucas. 'Daar schiet niemand iets mee op.'

Als Kaan even later met touw uit de bloemenzaak

komt, zien ze dat de voordeur van Alsman pal naast de groenteboer is.

'Het is veel te opvallend om te proberen via die deur binnen te komen,' zegt Dex. 'Laten we achterom lopen en kijken of er een achterdeur is.'

'Dan moeten we eerst deze straat uit lopen,' weet Kaan. 'Via een klein hofje kom je dan aan de achterkant van de groentewinkel.'

Zo onopvallend mogelijk lopen ze ernaartoe. Het is een grauwe dag. Vandaar dat er weinig mensen door de winkelstraten van Langdam lopen.

In het hofje ligt veel afval: ingedeukte blikjes, sigarettenpeuken en lege zakken chips. Blijkbaar voelt niemand zich geroepen om de rotzooi op te ruimen. Ze lopen door tot ze onder aan een stalen trap staan. Boven aan die trap is de achterdeur van het appartement boven de groentezaak.

Lucas wijst naar boven. 'Daar moeten we heen.'

'Ik ben benieuwd of die man thuis is,' zegt Dex.

'Hoe zal het er daarbinnen uitzien?' vraagt Isabel zich af.

'Vast net zo'n bende als bij mijn zus,' vermoedt Oscar.

Isabel kijkt verbaasd. 'Hoe bedoel je?'

'Mijn oudere zus woont op kamers samen met drie anderen. Volgens mij is het daar elke avond feest en heeft ze nog nooit schoongemaakt. Het is daar een teringzooi. Mijn moeder heeft veel last van astma. Ze durft niet naar mijn zus toe. Ze is bang dat ze daarna aan de zuurstoftank moet. De ratten voelen zich daar ook thuis en...'

'Hou maar op! Getver.' Isabel steekt haar tong erbij uit.

Oscar wordt weer eens ongeduldig. 'Komt er nog wat van? Ik wil naar binnen.'

'Laat mij maar voorop,' stelt Lucas voor. Als hij zijn voet op de eerste trede zet, draait hij zich even om en gebaart dat iedereen vanaf nu stil moet zijn.

Dex gaat als laatste de trap op. Als hij niet weet wat er gaat gebeuren, krijgt hij altijd hoofdpijn.

Zachtjes en langzaam lopen ze de trap op. Bovenaan duwt Lucas de klink van de achterdeur omlaag. 'Op slot!'

'Pfff. Wat dacht je dan?' zucht Oscar. 'Dat de deur open zou zijn? Dat die Alsman zegt: "Welkom, ga zitten. Hebben jullie zin in een glaasje icetea?"'

Dex staat nu ook boven aan de trap. Hij kijkt door het raam van de deels verrotte deur die de laatste twintig jaar geen enkel likje verf heeft gehad, en ziet dat de sleutel aan de binnenkant in het slot zit. 'Het raam is enkelglas.'

'Die tikken we zo door,' zegt Lucas.

'Hoe dan?' vraagt Isabel.

'Met jouw trui. We duwen je trui tegen het raam en dan mag Oscar zijn bokstechniek laten zien.

'Echt niet,' Isabel is niet van plan haar trui af te staan. 'Weet je wel hoe duur die was? Straks is-ie gescheurd door de scherven.'

'Ik gebruik mijn eigen jas wel,' zegt Oscar, 'die heb ik al drie jaar en mijn moeder heeft hem in de opruiming bij de Zeeman gekocht. Hij is toch superlelijk en te klein.' Hij strekt zijn armen om te laten zien dat de mouwen wel erg kort zijn. 'Het is niet zo erg als daar gaten in komen.' Hij wikkelt zijn jas voor een deel om zijn vuist, doet een stap naar voren, klemt zijn kaken op elkaar en perst al zijn agressie uit zijn lichaam met een rechtse hoek. Door de knal gaat het raam aan diggelen.

Oscar doet een stap opzij zodat Lucas voorzichtig een paar scherven uit het kozijn kan wrikken. Daarna steekt hij zijn arm door het gat en draait hij binnen de sleutel om. Als hij klaar is legt hij zijn wijsvinger weer tegen zijn lippen.

Door de deur komen ze meteen in de keuken. Samen met Kaan staat Dex achteraan. Het valt hem meteen op dat alles netjes is opgeruimd. 'Het is hier helemaal geen zwijnenstal,' fluistert hij.

Ze blijven allemaal staan in de keuken, luisterend of ze iets horen. Het is doodstil in de woning, ze kunnen zichzelf horen ademhalen. Opeens voelt het allemaal niet zo veilig meer.

Plotseling klinkt er een klap. Isabel gilt. Ze grijpt Dex vast. 'Wat was dat?'

'Volgens mij was dat beneden,' zegt Lucas.

Ze halen opgelucht adem.

'Oké, nu verder. Isabel, jij doet zo de deur van de kamer open. Als die Alsman er is, moeten we vooral rustig blijven. We moeten hem niet kwaad maken. Misschien heeft hij een mes bij zich.'

'Een mes?' herhaalt Isabel met grote ogen.

HOOFDSTUK 10

DE CONFRONTATIE

Dex voelt de adrenaline door zijn lijf gieren en hoort zijn hart bonzen, ook al staat hij achteraan. Hij is zo zenuwachtig dat hij het bijna in zijn broek doet. Hij heeft geen idee wat ze dadelijk zullen aantreffen. Is Shoda hier, flitst door hem heen. Of zou ze heel ergens anders zijn?

Lucas haalt diep adem. Hij staat vooraan in het halletje maar laat Isabel voorgaan. Hij gebaart met zijn vingers dat hij af gaat tellen van drie naar nul. Isabel knikt en als bij Lucas na drie tellen alleen nog maar een gebalde vuist te zien is, duwt ze de deur open.

Met veel geschreeuw stormen ze de kamer in. Van rustig blijven is niets terechtgekomen. Ze zijn veel te gestrest. Snel kijken ze om zich heen.

'Waar ben je, viespeuk?' roept Oscar. Zijn verwilderde ogen gaan langs het keurige interieur, maar van

Alsman zelf ontbreekt ieder spoor.

'Hij heeft zich vast in zijn slaapkamer verstopt!' roept Lucas. Hij ziet een schemerlamp op een kastje in de kamer staan. Hij rukt de stekker uit het stopcontact en houdt de schemerlamp vast boven zijn hoofd. 'Dan kan ik me verdedigen. Hij moet met zijn poten van Shoda afblijven.' Hij heeft het schuim om zijn mond staan.

'Haaaaaaa!' roept Dex, als hij als laatste de slaapkamer in rent. Ook Oscar en Lucas gillen het uit. Al dat lawaai is vooral om hun eigen angst te overschreeuwen. Als ze stil blijven, durven ze niet meer.

'Waar ben je? Kom tevoorschijn!'

Er staat een wit eenpersoonsbed dat netjes is opgemaakt. Aan beide kanten ervan staat een nachtkastje. Op een stoel in de hoek ligt alleen een kussen. De slaapkamer ziet er heel anders uit dan die van Dex. Op zijn stoel verzamelt hij de was van de hele week.

Dex wijst naar de metersbrede slaapkamerkast.

Lucas schuift een van de deuren open en houdt de schemerlamp als een wapen voor zich. 'Kom er maar uit. Of durf je soms niet?'

'Kom dan! Kom dan!' Oscar merkt dat hij niet bang is. In een groep voelt hij zich sowieso altijd sterker. Nadat ze de grot hadden overleefd, dacht hij ook dat hij de hele wereld aankon.

Dex ziet dat alle inspanningen voor niets zijn. 'Hij is er niet.'

Ze horen voetstappen op de ijzeren treden van de

trap. De paniek slaat toe. En opeens knalt er een harde mannenstem door de flat. 'Hallo, is er iemand binnen?'

'Wat moeten we doen?!' roept Kaan.

Lucas snakt naar adem. 'Weg hier! Weg hier!'

Oscar en Kaan stormen als eerste de kamer uit, met Lucas en Isabel erachteraan. Ze hoeven nu niet stiekem meer te doen, de man heeft ze al gezien. Ze moeten weg, langs hem heen. Schreeuwend en gillend. Met een enorm kabaal wurmen ze zich naar buiten.

Opeens staat Dex helemaal alleen tegenover een grote man. Hij is echt groot. Hij heeft donker haar en hij is breed, ziet er sterk uit. En hij is boos. Vuur spat uit zijn ogen.

Dex moet weg zien te komen. Maar hoe? De weg naar de achteruitgang is versperd, daar kan hij niet meer heen.

'Wat is hier aan de hand? Wat zijn jullie aan het doen?' schreeuwt de man. Hij wil Dex vastgrijpen, maar op het laatste moment duikt die onder zijn arm door en rent naar de voorkamer. Met grote, dreunende stappen komt de man achter hem aan. Waarheen? Naar beneden, naar de voordeur!

Weer duikt Dex weg voor de man, hij rent en holt zoals hij nog nooit heeft gedaan. Hij denkt niet meer na. Met een schijnbeweging komt hij opeens uit bij de trap. Hij holt naar beneden, veel te snel, hij valt bijna en grijpt zich vast aan de leuning. Hij zou wel in één keer naar beneden willen springen. Zijn hart hamert in zijn lichaam.

Dan is hij beneden, nog drie stappen door het halletje naar de voordeur naast de ingang van de groenteboer. Hij is er bijna! Hij heeft zijn hand al op de klink van de buitendeur als de man hem van achteren vastgrijpt. Met zijn lange benen is hij drie keer zo snel de trap af gekomen als Dex. Die slaat wild om zich heen, maar hij kan de man niet eens raken.

'Laat me los!' schreeuwt hij.

De man luistert niet naar hem en sleurt hem mee naar boven, naar de keuken. Door de achterdeur kijkt hij naar buiten om te zien of de anderen daar nog zijn. Dex kijkt ook, maar zijn vrienden zijn al weg. Hij heeft het gevoel dat zijn hart ermee ophoudt. Hij is alleen. Dapper zijn is echt shit-moeilijk.

'Kom jij maar eens mee!' zegt de man. Hij sleurt Dex weer terug naar de kamer en duwt hem in een stoel.

'We deden niks,' piept Dex, 'echt niet.'

'Hou je kop!' De man maait wild met zijn armen alsof hij gaat slaan en Dex krimpt in elkaar. Hoe hebben ze ooit zo stom kunnen zijn? En de anderen zijn ervandoor gegaan! Ze hebben hem achtergelaten. Dex gaat helemaal kapot. Hier komt hij nooit meer weg. Shit! Elk moment verwacht hij een klap. In elkaar gedoken zit hij op de stoel, houdt zich superstil en wacht. O man!

Dan pakt de man ook een stoel, gaat tegenover hem zitten en kijkt hem aan. Dex heeft nog nooit zulke kwade ogen gezien. 'Dieven,' zegt de man. 'Net wat ik nodig heb. Klein rottuig.'

'Maar we deden niks,' zegt Dex weer. 'We zoeken alleen onze vriendin die...'

'Deden niks? Deden niks? Mijn ruiten inslaan! Noem het maar niks.' Hij leunt over de tafel heen, zijn gezicht vlak bij dat van Dex. 'Geef me één goede reden waarom ik niet de politie zou bellen. Nou?'

Achter de man gaat heel langzaam en voorzichtig een deur open. Dex ziet het hoofd van Oscar in de opening verschijnen. Oscar houdt een wijsvinger tegen zijn lippen. Maar Dex is zo blij dat zijn vrienden hem niet hebben laten zitten dat hij zich niet kan inhouden. 'Ja!' roept hij.

De man draait zich razendsnel om en staat oog in oog met de andere vier.

'Wat is hier aan de hand?'

'Ben jij Sven Alsman?' vraagt Lucas.

'Ja, en wie zijn jullie?'

Heel even houdt iedereen zich rustig, maar ze staan allemaal op het randje van ontploffen.

'Laat onze vriend gaan,' zegt Isabel.

'Waarom? Jullie wilden hier toch zo graag naar binnen? Wat moeten jullie? Ik wil antwoord en tot die tijd blijft deze gast hier.'

Nu is het Isabel die agressief wordt. Opeens heeft ze haar woede niet meer onder controle. Ze springt op de man af. Precies op het moment dat ze omhoogspringt, doet Alsman een stap opzij, zodat ze plat op de vloer valt. Dat is voor de anderen het teken om los te gaan. Ze storten zich op de man en werken hem tegen de grond. Ze vechten zo hard als ze kunnen. Een stoel gaat omver. En een tafel. Een lamp valt op de grond kapot. Eindelijk hebben ze hem vast bij zijn armen en benen. Ze vuren vragen op hem af, alles door elkaar.

Oscar wil weten of hij in de gevangenis heeft gezeten.

Lucas vraagt of hij Shoda heeft ontvoerd.

Isabel wil weten hoe het kan dat hij op vrije voeten is.

De man wacht tot ze zijn uitgeraasd en wringt zich dan los.

'O, wacht even,' zegt hij. 'Nu begrijp ik het. Jullie vriendin is weg en dan heb ik het zeker gedaan? Zomaar. Dat weten jullie al zonder iets te vragen? Gelijk gaan slaan? Lekker stel zijn jullie.' Ze laten hem los en hij staat op. 'Je kunt het toch ook gewoon vragen? Zonder te slaan en zo. Dan vertel ik wat ik weet,' zegt Alsman. 'Maar niet *zo*. Eerst gedragen jullie je. Jullie zijn hier de inbrekers.'

'En dan ga jij er zeker meteen vandoor?' vraagt Kaan.

'Nee, ik ga er niet vandoor. Dat heb ik nooit gedaan. Waarom zou ik?' Nadat Alsman op adem is gekomen, begint hij te vertellen. 'Jullie zijn wel heftig hoor, dat moet ik zeggen. Maar ik begrijp jullie wel. Jullie zoeken je vriendin en denken dat ik er iets mee te maken heb. Dat klopt niet, maar het is heel erg als je iemand kwijt bent dus ik ga er niet moeilijk over doen dat jullie hier hebben ingebroken. Ik weet heus wel dat er over mij wordt gekletst. Ik ben niet gek. Maar ik ben niet wat iedereen denkt. Ik vind andere mensen gewoon moeilijk.'

'Nou, dan heb je gelijk,' zegt Dex.

Opeens schiet de man in de lach. 'Ik heb gewoon autisme. Kennen jullie dat?'

Dex kijkt vragend naar Oscar. Die heeft er weleens van gehoord.

Alsman begint bij het begin. In zijn jeugd woonde hij hier vijftig kilometer vandaan, in Klimberg. Zijn ouders wisten niet wat ze met hem aan moesten. Hij had heel veel moeite met leren en hij moest naar het speciaal onderwijs. Daar werd hij onderzocht. 'Ik kan me niet concentreren en ik had helemaal geen vrienden. Ik wist niet eens hoe ik vrienden moest maken. Ik had altijd ruzie.'

Dex krijgt een brok in zijn keel. Op de basisschool had hij ook geen vrienden, dus hij kan zich goed voorstellen hoe Alsman zich voelde.

Op zijn achttiende ging Alsman begeleid wonen en leerde hij zelfstandig zijn. Hij leerde hoe je met geld moest omgaan, hoe hij zelf voor het huishouden kon zorgen. 'Ik moest alles leren.'

'En je ouders dan?' vraagt Isabel.

'Zwaar aan de alcohol. Allebei verslaafd. Daar had ik niks aan.'

'Eén ding snap ik niet,' zegt Oscar. 'Waarom word je voor een pedo aangezien? Dat zeggen ze toch niet zomaar?'

'Ik weet wel waar het vandaan komt. Op een dag wandelde ik door het crossbos. Mountainbikers racen daar vaak doorheen. Een jongen van een jaar of vijftien had geen helm bij zich. Hij fietste tegen een boom aan, zonder helm. Ik rende op hem af om hem te helpen. Ik trok hem overeind en wilde hem troosten. Die jongen moest erg huilen. Ik aaide hem over zijn hoofd en wilde hem knuffelen. Dat had ik achteraf gezien beter niet kunnen doen, maar ik ben niet zo handig in contact met andere mensen.'

Dex baalt van zichzelf. Eigenlijk is het best zielig, als mensen niet eens naar je luisteren. 'En toen?'

'Drie van zijn vrienden kwamen op me af. In plaats van me te bedanken werd ik uitgescholden voor pedo. Ze wilden me in elkaar slaan, maar toen ben ik snel weggerend.'

'Heb je er later nog iets over gehoord?' vraagt Lucas.

'Helaas wel,' zegt Alsman. 'Ik wilde die jongen alleen maar helpen en troosten. Ik had echt geen kwade bedoelingen, maar in de hele stad werd ik met de nek aangekeken en werd er over me geroddeld. Een maatschappelijk werker heeft me toen geadviseerd te verhuizen. Zo kwam ik in Langdam terecht. Hier werk ik op de sociale werkplaats. Daar heb ik structuur en rust op z'n tijd. Mijn manager weet van mijn beperkingen. Het ging heel goed, totdat ik laatst iemand uit Klimberg tegenkwam. Hij herkende me en toen besefte ik dat ik ook hier niet meer veilig ben.

Die man heeft de roddels over mij doorverteld. Daarom zijn jullie hier, omdat jullie die ook hebben gehoord.'

'Dus je hebt niet eens in de gevangenis gezeten?' vraagt Dex.

'Nee, dat zijn roddels. Mensen weten gewoon niet wat er precies is gebeurd,' zegt Alsman.

Oscar schudt zijn hoofd. 'En als je het niet weet, mag je zeker van alles zeggen? Daar ben je mooi klaar mee.'

'We dachten dat je Shoda ontvoerd had,' zegt Dex. 'Dat is onze vriendin.'

'Ik zag haar foto gisteravond op tv. Ik kan me jullie gedachten goed voorstellen,' geeft Alsman toe. 'De rest van mijn leven zal ik moeten leren om met vooroordelen om te gaan, ook al zijn ze niet waar. Eens een dief altijd een dief, dat zeggen ze toch? En het is niet eens waar.'

'We willen zo graag weten waar ze is,' zegt Lucas. 'We zijn bang dat haar iets ergs is overkomen.'

'Volgens mij heb ik haar gezien,' zegt Alsman plotseling.

'Waar?' vraagt Dex verbaasd.

'Op het plein vlak bij een van de supermarkten, als ik me niet vergis.'

'En daar kom je nu pas mee?'

'Ja... Wat denk je dat er gebeurt als ik naar de politie stap met de mededeling dat ik jullie vriendin heb gezien? Met mijn verleden in Klimberg zou ik meteen

een verdachte zijn, terwijl ik er niets mee te maken heb.'

'Daar heb je gelijk in,' zegt Dex. 'Misschien kunnen we morgen in die buurt gaan zoeken, op het plein van de supermarkten.' Hij voelt zich schuldig. 'Sorry dat we zo agressief waren, dat we hebben ingebroken, dat we je raam hebben ingetikt en je lamp hebben gebroken.'

'Laat maar zitten,' zegt Alsman. 'Vinden jullie je vriendin nou maar, dan zal ik straks in de kerk een kaarsje voor haar branden.'

Het gesprek met Alsman heeft Oscar aan het denken gezet. 'Als je eerst iets bent, kun je dan iets anders worden?' vraagt hij aan Dex als ze weer buiten lopen.

'Waar heb jij het nou weer over?' vraagt Dex.

Oscar haalt zijn schouders op. 'Laat maar.'

Isabel wil meer weten. 'Wat bedoel je precies?'

'Alsman zei: "Eens een dief, altijd een dief".'

'Hij is geen dief.'

'Nee, maar luister...' Opeens durft Oscar niet verder te praten. In de grot klapte hij na drie zinnen ook al dicht. Hij is beter in denken dan praten. Hij vraagt zich of hoe het eigenlijk met andere dingen zit. Eens een jongen, altijd een jongen? Of hoeft dat niet? Hij doet zich vaak stoer voor, maar vanbinnen is hij eigenlijk niet zo. Het liefst wil hij iets anders, wil hij anders zijn. Hij heeft heel sterk het gevoel dat hij eigenlijk geen jongen is. Dat zijn geheime gedachten, maar hij heeft ze wel. 'Vergeet het.' Oscar schudt zijn hoofd om van zijn gedachten af te zijn. Hij wil hier nu niet aan denken. 'We moeten Shoda vinden. Zo snel mogelijk. Dat is het allerbelangrijkste. We hebben nu een aanwijzing.'

HOOFDSTUK 11

STRAF

Ook Dex is onder de indruk van hun bezoek aan Alsman. 'Ik dacht dat hij een aso zou zijn, iemand die echt niet weet hoe het hoort, maar dat is helemaal niet zo. Ik heb me toch best in hem vergist.'

'Ik ook,' zegt Lucas, terwijl ze door de winkelstraat lopen. 'Als je hem zo ziet zou je niet denken dat hij zoveel ellende heeft meegemaakt.'

De vijf zijn in verwarring. Het lijkt steeds onwaarschijnlijker dat Shoda is ontvoerd. Wie zou dat gedaan moeten hebben? Een ontvoerder zou toch wel iets van zich laten horen? Die wil losgeld of zo.

'Gaan we nog wat doen?' vraagt Isabel. 'Gaan we nu naar die supermarkt?'

Dex kijkt op zijn horloge. 'Shit, is het al zo laat? Ik moet naar huis. Ik ben veel te laat voor het eten.' Hij rent naar zijn fiets en racet naar huis.

Als Dex via de achterdeur naar binnen gaat, komt hem de geur van aangebrand eten tegemoet.

Zijn moeder kijkt betrapt; ze is aan het swipen op haar telefoon. Snel stopt ze hem weg. Ze leunt tegen het aanrecht en vouwt haar armen over elkaar. 'Zo!' Over haar mantelpakje heeft ze een schort geknoopt. 'Je bent te laat, veel te laat. Het is al zeven uur en we zouden om half zes eten. Gister had ik nog begrip voor het feit dat je midden in de nacht thuiskwam, maar nu ben ik het zat. Ik heb het eten al drie keer opgewarmd en toen ik net naar de wc moest heb ik het helemaal laten verpieteren. Alles was zwart. De gebakken aardappelen, vegetarische hamburgers en paprika's moest ik in de groene container kiepen. Doodzonde.'

'We kunnen toch pizza's bestellen,' stelt Dex voor.

'Echt niet. Neem maar een boterham.'

Dex zucht diep. 'Ik kan er niets aan doen dat ik te laat ben. We zijn naar die Sven Alsman geweest om te kijken of hij Shoda heeft ontvoerd. Dat is die man van wie ze zeggen dat-ie een pedo-dinges is, je weet wel.'

Zijn moeder kijkt verbaasd, haar mond valt open. 'Dat méén je niet. Zijn jullie naar zo'n enge man toe geweest? Dat is levensgevaarlijk. Waar ben je mee bezig, jongen?'

'Die man was juist hartstikke aardig. Hij is een beetje raar, maar hij bedoelt het wel goed. Hij vond het niet eens erg dat we zijn schemerlamp kapot hebben gemaakt.' Dex begrijpt niet waarom zijn moeder zo heftig reageert. Ze staat op het punt van ontploffen.

'Wat ben jij veranderd, zeg! Ik ken je niet meer terug sinds je in de tweede zit. Waarom wil je opeens de stoere jongen uithangen? Wat moet er van je terechtkomen? Vroeger was je zo lief.'

Zo lief, denkt Dex. Echt niet. En ik ben ook niet stoer. Was het maar waar. Lucas en Oscar durven veel meer dan ik.

'Hallo, contact!' Zijn moeder zwaait met haar hand. 'Misschien moet je andere vrienden zoeken,' gaat ze dan verder. 'Volgens mij hebben ze een slechte invloed op je. Straks beland je nog in het criminele circuit en word jij ook meegenomen.'

'Wat een onzin,' zegt Dex.

Met gebaren maakt zijn moeder duidelijk dat het voor haar klaar is. 'En je hebt deze week ook geen huiswerk gemaakt. De rest van de week blijf je binnen. Geen afspraken meer met Isabel, Oscar, Lucas en hoe heet die andere jongen?'

'Kaan.'

'En Kaan. Je zorgt maar dat je de schade van die schemerlamp vergoedt. Betaal het maar van je eigen zakgeld.' Ze knoopt haar schort af en gooit het op de vloer.

'Waarom doe je nou zo?' Dex voelt zich alleen. 'Die lamp was volgens mij van de Action, die kost niks.'

'Dan heb je geluk. Morgen na schooltijd bied jij je excuses aan en breng je die man een nieuwe lamp. Daarna gaat het huisarrest in. En nu wil ik er niets meer over horen. Ik heb boven een zoommeeting met een collega. Smeer je eigen brood maar. Zal dat lukken, denk je?' zegt ze cynisch. Zonder een antwoord af te wachten loopt ze naar boven. 'O ja. Vergeet je huiswerk niet!'

Dex heeft opeens geen trek meer. Het lijkt wel alsof er een steen op zijn maag ligt. Hij sjokt naar zijn kamer. Huiswerk maken is wel het laatste waar hij zin in heeft. Eerst even facetimen met Lucas. Hij verschijnt meteen in beeld.

'Ik was je net aan het bellen,' zegt Lucas. 'Ik heb nog eens nagedacht over het verhaal van die Alsman. Hij heeft Shoda gezien, dat moet een goed teken zijn. We hadden toch gelijk dat we naar hem toe zijn gegaan.'

Dat is waar. Zo fout als het voelde en zo stom als ze zich hebben gedragen, het was toch ergens goed voor.

'Ik ga morgen na schooltijd naar hem toe,' zegt Dex. 'Ik heb alles aan mijn moeder verteld en nou is ze boos. Ze wil dat ik die lamp vergoed. Ik koop er morgen wel eentje bij de Action, want ik moet hem van mijn eigen zakgeld betalen.'

'Dan ga ik wel mee,' stelt Lucas voor. 'Die lamp betalen we samen. En ik neem mijn laptop mee. Misschien dat ik die daar voor iets kan gebruiken.'

Lucas wil het gesprek beëindigen, maar dan zegt Dex: 'Ho, wacht even. Ik moet je nog wat vertellen. De reden dat ik met je wilde facetimen is dat ik huisarrest heb. Vanaf morgen mag ik niet meer met jullie omgaan.'

'Dat slaat nergens op,' zegt Lucas. 'Je moet ouders

ook niet altijd alles eerlijk vertellen. Soms is het beter om iets even geheim te houden.'

Dex knikt. 'Had ik dat maar gedaan.'

De volgende morgen op het schoolplein stampt Isabel naar Dex' groepje, dat tegen de buitenmuur van een klaslokaal hangt. 'Rotmoeder!' roept ze.

Dex is verbaasd. Isabel heeft juist een hippe, jonge moeder die zich als een vriendin van haar gedraagt. Hij zou willen dat zijn moeder ook zo modern was. 'Bedoel je soms die van mij? Want dan kun je gelijk hebben.'

'Nee, míjn moeder. Na school moet ik meteen naar huis komen. Ik mag alleen maar huiswerk maken en mijn telefoon gaat achter slot en grendel. Alsof ik in een strafkamp zit.'

'Dat kan ik me niet voorstellen,' zegt Dex. 'Jouw moeder is supercool.'

Lucas voelt een verhaal aankomen. 'Heb je soms verteld dat we naar Alsman zijn gegaan?'

Isabel knikt. 'Mijn moeder en ik bespreken altijd alles. Nou is ze opeens bang dat mij ook wat overkomt, net als Shoda. Alsof die Alsman mij wat zou aandoen. Dat slaat toch nergens op?'

'Je hebt gelijk,' zegt Dex. 'Ik ben ook de pineut. Ik mag jullie niet meer zien. Ik heb huisarrest.'

'Zo worden we uit elkaar gedreven,' zegt Kaan. 'Dat mag niet.'

'Dat laten we niet gebeuren,' zegt Dex.

Isabel krijgt een idee. 'Hé, Dex, ga je na schooltijd met me mee?'

'Naar je moeder?'

'Ja, en dan zeg je dat je heel slecht bent in wiskunde en vraag je aan mijn moeder of ik jou mag komen helpen. Dan word ik niet opgesloten in mijn eigen huis.'

Dex twijfelt. Ik durf ook niks, denkt hij. Ik durf niet eens te liegen. Wat een watje ben ik. Wat kan mij het schelen, ik doe het gewoon. Dan is Isabel in ieder geval blij.

'Is goed,' zegt hij. Hij kijkt Lucas aan. 'Daarna ga ik met jou eerst naar de Action en dan naar Alsman. En dan...' Hij stopt met praten. Dan gaat mijn straf in, denkt hij. Hoe moeten ze Shoda zo ooit terugvinden?

In de eerste les komt er iemand van Slachtofferhulp langs die in alle klassen een praatje houdt.

'Het is nu de derde dag dat Shoda spoorloos is,' zegt de vrouw. 'Zo'n gebeurtenis maakt veel indruk. Zowel bij haar ouders, de docenten als bij jullie. Sommigen zijn erg verdrietig en uiten dat. Anderen houden hun gedachten liever binnen en praten er niet over. Zij kroppen het verdriet en de angst om Shoda op. Daarom is het goed voor jullie om te weten dat Slachtofferhulp een luisterend oor biedt. Diegenen die er behoefte aan hebben, kunnen zich dadelijk bij mij aanmelden.'

Een leerling achteraan steekt haar vinger op. 'Is het onder schooltijd?'

'Dat kan, maar het mag ook na schooltijd.'

'Dan wil ik wel graag onder schooltijd,' zegt het meisje. 'Ik voel me best wel depressief.'

'Dan hoeft ze niet in de les te zijn,' fluistert Isabel tegen Dex.

'Slim.'

Isabel vraagt de vrouw of er nieuws is over Shoda. Misschien weet ze er iets van. Maar ze schudt van nee. 'De politie houdt alle opties open en heeft ons niets verteld in het belang van het onderzoek.'

De vrienden hebben geen interesse in verdere gesprekken. Ze hebben Slachtofferhulp echt niet nodig voor hun eigen opsporingen. Ze zijn niet de enigen, want niemand meldt zich voor een sessie.

Na schooltijd fietsen Isabel en Dex naar de sportschool. Isabels moeder is net bezig met personal training. Ze gebaart dat ze over twee minuten tijd heeft terwijl ze ondertussen een bejaarde man van rond de zeventig afmat.

Het is erg druk in de sportschool. Op de achtergrond klinkt top 40-muziek. Sommigen doen aan spinning of sloven zich uit op de loopband.

'Hé Dex-man, is fitness niks voor jou?' plaagt Isabel. 'Je verbetert je conditie en je verbrandt veel vet. Over een paar jaar mag je ook aan krachttraining doen. Goed voor je spieren.'

Niet eens zo'n slecht idee, denkt Dex. Dan ziet hij Isabel ook vaker.

Over de vloer verspreid liggen *blazepods*, een soort

plastic pionnetjes met lampjes erin. Isabels moeder gebruikt de afstandsbediening om de lampjes van de pods om beurten aan te doen. 'Ren zo snel mogelijk naar de verlichte blazepod,' zegt ze tegen de oude man.

Hij veegt het zweet van zijn voorhoofd en gaat met kleine sprintjes van pod naar pod. Na twee minuten is de man uitgeput.

'Neem even pauze en drink maar wat.'

'Graag,' zegt de man, die helemaal buiten adem is. 'Ik ben op.'

'Dadelijk doe je ook nog een rondje e-gym,' zegt Isabels moeder quasi-streng. 'Volgende week gaan we weer wegen. Dan moet je vetpercentage lager zijn en je spierkracht zijn toegenomen.'

'Ik doe mijn best,' belooft de man.

'En ga tussendoor gezellig fietsen met je vrouw,' stelt de moeder van Isabel voor. 'Daardoor verlies je ook veel calorieën.'

'Dat gaat niet lukken,' zegt de man. 'Ik ben vrijgezel.'

Bij nader inzien kan Dex zich niet voorstellen dat er mensen zijn die veel geld betalen om vervolgens doodmoe te worden van allerlei ingewikkelde oefeningen. De man ziet er helemaal niet gelukkig uit.

'Fijn dat je op tijd bent,' zegt Isabels moeder tegen haar dochter. Intussen trekt ze haar blonde haren strak naar achteren om een nieuwe staart te maken. 'Alleen begrijp ik niet zo goed waarom Dex is meegekomen.'

'Ik wilde u wat vragen,' begint Dex.

'U?' Isabels moeder schiet in de lach. 'Als je u tegen me zegt voel ik me erg oud. Zeg maar gewoon Louise.'

Dex kijkt haar stralend aan. Wat een coole moeder, denkt hij. 'Ik wilde u, eh, jou vragen of Isabel mij mag helpen met het huiswerk. Ik ben namelijk niet zo goed in wiskunde. Ik begrijp er de ballen van.'

'Klopt. Er moet echt iets gebeuren met Dex. Vanaf morgen willen we beginnen,' bedenkt Isabel ter plekke. 'Ik denk dat ik wel drie keer per week naar hem toe moet.'

Isabels moeder denkt even na. Ze loopt naar de koelkast achter de bar en pakt er een flesje sportdrank uit dat ze in één teug leegdrinkt. 'Isabelletje toch, denk je dat ik dom ben? Eigenlijk verdien je straf. Dat weet je toch? Want je hebt je al dagen niet aan de regels gehouden.'

Isabel kijkt haar smekend aan. 'Mam, please. Mag het?'

'Nou, vooruit. Als je eigen huiswerk er niet onder lijdt, vind ik het goed. Ook al verdien je het eigenlijk niet. Maar die telefoon laat je thuis.'

'Superlief dat het mag, mam!' Isabel geeft Dex stiekem een knipoog.

Even twijfelt hij of hij haar een knipoog terug zal geven. Maar als hij moed heeft verzameld om eindelijk terug te knipogen, is het te laat. Isabel knuffelt haar moeder.

Had ik maar een moeder die zich zo gemakkelijk laat overhalen, denkt Dex. Hij kijkt op zijn horloge. 'Ik heb met Lucas afgesproken om kwart over vier bij de Action te zijn. Ik moet gaan.'

Isabel spreidt haar armen. 'Eerst een knuffel.'

'Oké...' Dex voelt zich een beetje ongemakkelijk, maar hij vindt het ook wel cool om zijn armen om haar heen te slaan.

Als hij zijn fiets tien minuten later voor de winkel zet, wacht Lucas al bij de ingang.

'Isabel heeft goede smoesjes om toch de deur uit te komen,' zegt Dex. 'Ze gaat me zogenaamd helpen met huiswerk en haar moeder vond het nog goed ook.'

'Top,' zegt Lucas. 'Nu moeten we alleen nog zien hoe we jou de deur uit krijgen.'

'Dat zal lastig worden,' vermoedt Dex.

'Nee, hoor,' zegt Lucas. 'Als we met z'n allen bij De Bus afspreken, kun jij er gewoon bij zijn.'

'Hoe dan?'

'We gaan zogenaamd allemaal naar een sessie van Slachtofferhulp.'

'Da's een goeie,' zegt Dex, 'dat ik daar nog niet aan gedacht heb.'

Opgelucht gaan ze de winkel binnen, waar ze drie verschillende schemerlampen vinden. Dex bekijkt de prijskaartjes. 'Deze van €9,95 is het goedkoopste. Die neem ik mee.'

'Ieder de helft, oké?' stelt Lucas voor. 'Hoewel Oscar in de aanval ging, heb ik die tafel omgegooid. Stuur maar een tikkie.'

Dex voelt zich steeds beter: eerst Isabel die zo lief is en nu Lucas op wie hij echt kan rekenen. Hoe kan zijn moeder nou denken dat zijn vrienden een slechte invloed op hem hebben? Ze kent hen gewoon niet. Daar moet hij misschien iets aan doen.

Nadat ze hebben afgerekend, fietsen Dex en Lucas door naar Alsman. Hun fietsen zetten ze naast de trap. Net op dat moment komt Alsman eraan.

'Hé, zie ik hier bekenden? Toevallig dat jullie me thuis treffen. Ik was eerder klaar met pakjes rondbrengen, anders hadden jullie voor een dichte deur gestaan.'

'Voor ons geen probleem,' grapt Dex.

Alsman schiet in de lach. 'Klopt, met een deur openbreken weten jullie wel raad. Nog geen nieuws over jullie vriendin?'

'Nee,' zegt Dex. 'Ze wordt nog steeds vermist. Niemand weet waar ze is of hoe het met haar gaat.'

'Echt waardeloos. Laat maar weten als er een nieuwe zoekactie wordt georganiseerd. Dan help ik mee.'

'Dat is aardig van je.' Dex laat hem de nieuwe lamp zien. 'Die moest ik van mijn moeder voor je kopen, om de schade een beetje te vergoeden.'

'Ach, dat had echt niet gehoeven. Maar ik ben er wel blij mee.' Alsman pakt de lamp aan. 'Willen jullie wat drinken?'

Beide jongens knikken en volgen hem de trap op naar binnen.

'Heb je toevallig icetea?' vraagt Dex.

Alsman knikt.

'Ik ook graag,' zegt Lucas.

Als de jongens op het punt staan om te vertrekken, komt er een bericht binnen via de groepsapp.

'We moeten naar het supermarktplein,' zegt Lucas. 'Isabel wil dat we Shoda daar gaan zoeken. Ik ben het wel met haar eens.'

'Dat zei ik toch al,' zegt Alsman.

Dex twijfelt. 'Ik moet eigenlijk naar huis. Ik heb straf.'

'Ga mee,' zegt Lucas. 'Dan zeggen we dat we zogenaamd vanavond al naar Slachtofferhulp moeten. De rest komt ook. Als Alsman Shoda inderdaad heeft gezien, hebben anderen dat misschien ook.'

'Ik weet het niet...' Dex aarzelt nog steeds.

'Kom op, gast! Zonder jou wordt het niks!'

Als Dex dat hoort, voelt hij zich opeens twee keer zo groot. Dat Lucas dat vindt en ook nog eens tegen hem zegt, is het beste wat hij in tijden heeft gehoord. Het is alsof hij weer uit de grot kruipt, het daglicht in. Natuurlijk gaat hij mee.

Dex appt zijn moeder:

Ben naar slachtofferhulpsessie.

Als hij het bericht heeft verstuurd, voelt hij zich goed en slecht tegelijk.

HOOFDSTUK 12

DEX GAAT GAMEN

Op het plein zit de rest al te wachten, iedereen kijkt sip. Het schiet niet op, Shoda is nog steeds niet gevonden.

'Ik heb een idee,' zegt Lucas. Hij pakt zijn telefoon en laat een foto van Shoda zien.

'Hoe kom je daaraan?' vraagt Isabel. 'Die ken ik niet eens.'

'Die heeft ze me geappt. Mooi toch?'

Isabel staart naar het scherm. 'Zeker mooi.' Ze kijkt met een nieuwe blik naar Lucas. 'Volgens mij vindt ze je echt leuk. Zo'n foto heeft ze speciaal voor jou gemaakt, denk ik.'

'Zou kunnen.'

'Heb je gezegd dat je hem mooi vindt?'

Opeens wordt Lucas weer verlegen. 'Weet ik niet,' zegt hij.

'Nou, dan doe je dat maar als we haar gevonden

hebben. Wat ben je met die foto van plan?' vraagt Dex.

Lucas wil een tekst bij de foto zetten en hem dan printen. 'Als jullie vast bij de supermarkten naar binnen gaan, dan kom ik zo snel mogelijk met de foto's en plakband.'

In de supermarkten spreken ze mensen aan. Isabel laat de foto van Shoda zien die ze op haar telefoon heeft. 'Hebben jullie onze vriendin gezien? Ze is een paar dagen geleden verdwenen. Ze zou hier in de buurt nog gezien zijn.'

Iedereen luistert naar hun vragen en kijkt naar de foto. Iedereen wil helpen, maar niemand heeft Shoda gezien.

Als Lucas een tijdje later arriveert met een stapel prints op A4-formaat, laat hij ze eerst aan Dex zien. Het is het portret van Shoda met daaronder de tekst: WAAR IS SHODA?

'Dat ziet er cool uit,' zegt Dex vol bewondering. 'Goeie tekst. Mooie foto en slim dat je het telefoonnummer erbij hebt gezet.'

Dex kijkt op zijn horloge. 'Het is vijf voor negen. Lucas en Isabel gaan naar de Plus en hangen daar posters op. Ik ga met Oscar en Kaan naar de Albert Heijn.'

Ze hollen naar de ingang van de supermarkt. Terwijl ze posters ophangen op het prikbord, spreekt Dex een jongen aan die met een veegmachine de vloer dweilt. Hij laat de foto aan hem zien. 'Ken jij haar? Heb je haar hier gezien?' vraagt Dex.

De jongen drukt een knopje in, zodat de machine stopt. 'Ik heb haar weleens gezien, ja.'

'Hier?'

Even aarzelt de jongen.

'Hoe bedoel je, hier? In de winkel? Nee, op het schoolplein. Ze stond vaak in een groepje. Maar ik ken haar zelf niet. Ik zit in 5 vwo en heb geen idee wie er allemaal in de andere klassen zitten, sorry gast.'

'Mocht iemand haar herkennen, dan moeten ze dit nummer bellen.'

'Komt goed,' zegt de jongen. Dan balt hij opeens zijn vuisten.

Dex schrikt ervan.

'Yes, negen uur. Ik kap ermee.'

Buiten staan ze met z'n vijven nog even bij elkaar. De vakkenvullers en caissières komen opgewekt de winkel uit, voor even verlost van hun werk.

Een meisje dat haar blauwe werkjasje onder de snelbinders van haar fiets klemt, komt op Dex af. 'Eergisteren moest ik ook werken. Daarna bleef ik met een vriendin een tijdje hangen om te chillen.' Ze wijst naar een bankje een eindje verderop. 'Toen zagen we een meisje langslopen. Of was het een dag eerder? Nou ja, doet er niet toe. Ik zag haar en ze ging een eindje verderop op een bankje zitten. Maar ik weet niet zeker of het jullie vriendin was. Ik kon het ook niet goed zien, haar haar hing slordig voor haar gezicht en ze liep wat gebogen, net alsof ze huilde. Maar nogmaals, ik weet het niet. Het was al een beetje donker.'

De vrienden kijken elkaar aan.

'Weet je waar ze naartoe is gegaan?' vraagt Dex. 'Werd ze gevolgd? Was er iemand bij haar? Heb je haar gesproken?' Er komen nog meer vragen bij Dex op, maar het meisje onderbreekt hem.

'Ik vertel alleen maar wat ik gezien heb. Volgens mij was ze alleen. Maar wie weet was het iemand anders.'

'Cool dat je het ons kwam vertellen,' zegt Dex.

Het meisje wenst hun succes met het zoeken en neemt afscheid. Langzaam wordt het plein steeds leger.

'Laten we maar naar huis gaan.'

'Nee,' zegt Isabel. 'Ik kan toch niet slapen. We gaan naar De Bus. Ik wil nog even bij jullie blijven, anders voel ik me zo alleen.'

Dat gevoel heeft Dex ook. Hij heeft hoofdpijn van de stress. Het voelt alsof een drilboor zich een weg baant door zijn hersens.

Als Dex veel te laat thuiskomt, is zijn moeder er gelukkig niet. Ze volgt voor haar werk de intensieve cursus 'Omgaan met agressieve klanten'.

Hij maakt een bak noedels klaar en zet de tv aan. Op de regionale zender is het praatprogramma *Bij ons in de buurt*. Dex wil overschakelen naar Netflix, maar opeens ziet hij Steffan en Fjodr in beeld verschijnen.

'Wat er aan de hand kan zijn?' zegt Steffan. De cameraman zoemt in op zijn vermoeide gezicht. 'We hebben geen idee. Shoda was als peuter getrauma-tiseerd vanwege de slechte omstandigheden in het weeshuis in Brazilië. Wij hebben haar altijd een veilig thuis geboden. In al die jaren hebben we nog nooit ru-zie gehad, toch Fjodr?'

Fjodr knikt. 'Nee, nog nooit.'

'Geloof je het zelf?!' schreeuwt Dex naar de tv. 'Dit klopt *zo* niet.' Hij gaat staan en vraagt zich af wat de vaders van Shoda aan het doen zijn. Eerst dat stomme verhaal dat ze op school wordt gepest. Dat is gewoon echt niet waar. En dan de hele tijd zeggen dat ze nooit ruzie hebben. Dat gelooft hij niet. Misschien zeggen ze dat om iets te verbergen? Misschien is er toch iets gebeurd thuis... Zou dat kunnen?

Hij kijkt op zijn horloge. Hij weet dat zijn moeder over ongeveer vijf minuten thuiskomt. Snel gaat hij naar boven. In zijn eigen slaapkamer voelt hij zich fij-ner dan bij zijn moeder, die telkens iets te zeuren heeft. Hij wil helemaal alleen zijn en alleen blijven.

Op zijn bureau staan twee grote schermen. Hij gaat zitten en zet zijn playstation en het linkerscherm aan. Hij pakt zijn controller en logt in op een vechtspel. Net als bijna elke gamer gebruikt Dex niet zijn eigen naam. Zijn avatar is Superman. Hij weet dat die superheld al heel lang bestaat: al vanaf 1938. Toen was zijn oma nog niet eens geboren. Er zijn veel series en films versche-nen over 'de man van staal'. Dat vindt hij echt vet.

Achter zijn scherm voelt Dex zich veilig. Hij is goed in gamen en dat geeft hem veel vertrouwen. Alsof hij de hele wereld aan kan, alsof hij bovenmenselijke krachten bezit. Net als Superman, de man die alles kan.

Gamers vanuit de hele wereld kunnen zich aansluiten bij een game totdat er honderd spelers zijn. Dan kan het spel beginnen.

Dex' vingers drukken als vanzelf de knopjes van zijn controller in. Hij springt uit een bus, landt in een fictief land en begint meteen te vechten. Eventjes denkt hij niet aan Shoda. Tijdens het spel kan hij iedereen horen praten, om gek van te worden. Chinees, Spaans, Engels, Duits, allerlei talen komen voorbij. Dex knokt net zolang tot hij bij de laatste tien van het spel hoort. Dan gaat het alsnog fout en is hij dood.

Ineens krijgt hij een idee. Hij opent de chat in de game en typt in het Engels.

> Onze vriendin Shoda is weg. Heeft iemand haar gezien?

Veel spelers zitten diep in het spel. Er wordt van alles getypt en verzonden, maar niemand reageert op Dex' vraag, waarop hij de chatfunctie uitzet.

Dex zet zijn pc aan. Vorig jaar heeft hij Discord gedownload en honderden vrienden geaccepteerd, hoewel hij geen idee heeft wie zich allemaal in de gesprekken kunnen mengen.

Hij uploadt een foto van Shoda en zet er een bericht bij dat ze wordt vermist. Al snel komt er een antwoord in het Engels.

Shoda uit Holland ergerde zich kapot. Ze is hier.
Ze had zin in sangria. Zo lekker als in Spanje
drink je ze nergens.

Dex zucht en verwijdert zijn bericht. Veel reacties zijn negatief.

Laat Shoda lekker verdwijnen als ze dat wil.
Shoda heeft aandacht nodig.

Hij begrijpt niet dat mensen zo gefrustreerd zijn en dat afreageren via sociale media. Gelukkig zijn er ook reacties van MarathonGirl, Zeuskneus, Superwoman, Batman, Anouko55, Thor, MarwelLeiden, Duizendvolt en vele anderen die meeleven.

Sterkte ermee. Hopelijk is er niets ergs gebeurd.

De negenveertigste reactie lijkt serieus. De melder noemt zich A-ha, met een avatar van een band. Via Google ontdekt Dex dat A-ha een Noorse band is die voor 2000 populair was. Wat een rare naam, denkt hij.

A-ha: shoda leeft.
Superman: echt waar?
A-ha: zeker weten.
Superman: hoe weet je dat? Wie ben je? Hoe oud
ben je? Ben je een jongen of een meisje? Hou je
haar gevangen? Je houdt me toch niet voor de gek?

A-ha stuurt een schouderophalende emoji. Dit schiet voor geen meter op, denkt Dex.

> Superman: hoe weet je dat Shoda leeft? Hoe weet ik dat je niet maar wat zegt? Heb je bewijs?

Op van de zenuwen wacht hij, starend naar zijn beeldscherm, tot er eindelijk weer iets gebeurt. Er verschijnen vier woorden.

> A-ha: denk aan de grot.

Een koude rilling loopt over Dex' rug. De grot. Niemand weet daarvan. A-ha kan alleen over de grot weten als hij dat van Shoda heeft gehoord.

> Superman: WAAR IS ZE?

Dex wil de vraag uitschreeuwen.

> A-ha: dat mag ik niet zeggen. Maar jullie moeten wel opschieten, want het gaat niet goed.

Dex wil antwoorden, maar A-ha is al offline. Snel maakt hij een screenshot van de berichten en stuurt ze via de groepsapp naar zijn vrienden.

Lucas reageert onmiddellijk, die gast is altijd zo snel.

Wat is dit? Wie is A-ha?

Hij wil meteen alles weten, maar Dex heeft geen antwoorden. Ze weten in elk geval dat Shoda contact heeft gehad met A-ha.

Het gaat dus niet goed met haar. We moeten die
A-ha te pakken krijgen.

Dex probeert wat hij kan, maar A-ha is er niet meer en reageert niet op zijn berichten.

Zodra hij weer online is laat ik hem niet los.

Die nacht slaapt Dex slecht. De volgende ochtend is Lucas er al vroeg bij. Hij is helemaal hyper, hij praat snel en chaotisch. Nu wil hij facetimen met z'n drieën: hij, Dex en Sven Alsman.

Dex klikt op accepteren en ziet dat Lucas en Alsman al in beeld zijn.

'Je zei dat je onze vriendin bij de supermarkt hebt gezien,' zegt Lucas. Klopt dat? Weet je dat zeker?'

Alsman knikt. 'Heel zeker.'

'En wat nog meer? Kom op, je moet meer weten dan dat.'

Alsman lijkt ineen te krimpen. Hij kan er niet tegen als hij zo onder druk wordt gezet, dan kruipt hij in zijn schulp.

Opeens moet Dex weer aan de grot denken en aan

hoe alleen en verlaten ze zich toen voelden. Denk aan de grot, had A-ha geschreven. Shoda is dus alleen en ergens waar het donker is. Ze is bang. Het is net alsof hij de blik in de ogen van Alsman herkent. Hij is ook bang. Wat zei Alsman ook alweer? Eens een dief, altijd een dief. Maar hij zei ook nog iets anders, iets over autisme. Dat hij andere mensen moeilijk vindt. Misschien vindt hij ons nu ook wel moeilijk, denkt Dex. Misschien is het voor hem nu net alsof hij in een grot zit waar hij niet uit kan. Dan weet Dex precies hoe hij zich voelt. 'Kappen, Lucas,' zegt hij.

'Nee! Hij moet iets weten! Kom op, Alsman!'

Dex negeert zijn vriend. Hij praat rechtstreeks tegen Alsman. 'Luister maar niet naar hem, hij is verliefd op Shoda en dan zegt hij dingen die hij niet meent.'

Alsman is even stil. 'O, verliefd. Ja, dat is mooi.' Hij lijkt in trance. Ineens verdwijnt hij uit beeld en het volgende moment is hij offline.

Dex voelt zich rot. Wat Lucas heeft gedaan is niet goed. 'Dat was niet cool, gast,' zegt hij.

'Nee, je hebt gelijk, maar ik word helemaal gek van de zenuwen.'

'Begrijp ik. We moeten ons concentreren op die A-ha-man.'

HOOFDSTUK 13

IN DE BUS

Ze checken hun telefoons.

'Nog steeds geen nieuws over Shoda?' vraagt Dex, maar hij weet het antwoord al.

Haar ouders beweren nu dat ze ontvoerd is, maar eigenlijk weten ze niks,' zucht Lucas.

Dex merkt dat Lucas daarna opvallend stil is. Hij zit met zijn ogen aan het scherm van zijn laptop gekluisterd. Dex gaat naast hem zitten en vraagt wat er aan de hand is.

'Er is nog iets,' fluistert Lucas. 'Ik heb nog iets gevonden, kijk.' Hij draait het scherm zo dat Dex kan meekijken. Het lijkt alsof Lucas een of ander verslag heeft geopend. Het gaat over de verdwijning van Shoda. Er is niet veel te lezen.

'Hier, kijk dan.' Lucas wijst naar een regel: *In de verdwijningszaak ontbreekt elk spoor.*

Meer staat er niet.

'Het betekent dat ze nog nergens zijn,' zegt Lucas. 'Wij moeten het doen, Dex. Echt. Wij hebben een spoor, de supermarkt. Wij hebben het meisje dat daar werkt en we hebben Alsman. Én A-ha.'

'Er moet nog meer te vinden zijn...,' zegt Dex. 'Toch?'

Lucas schudt van nee. 'Niet bij Alsman. We moeten die A-ha hebben.'

'Maar wie is het? En waar is hij?' Dex raakt een beetje in paniek. Hij moet iets doen om tot rust te komen. 'Laten we in een kring gaan zitten en elkaar een hand geven,' zegt hij.

'En dan?' vraagt Isabel.

'Net zoals we in de grot deden toen we dachten dat we nooit gevonden zouden worden. Om elkaar te steunen. Dan doen we onze ogen dicht en denken we aan Shoda.' Dex strekt zijn armen. Isabel en Lucas geven hem een hand.

'Moet dat?' vraagt Kaan. 'Ik vind het raar en zweverig. We zitten nu toch niet in de grot?'

'Doe het voor Shoda,' zegt Isabel. 'Het is een soort van mediteren. Als we allemaal tegelijk aan haar denken, voelt ze dat misschien.'

'Mijn moeder deed ooit een cursus mindfulness,' moppert Kaan. 'Ze moest in de eerste les een rozijntje tegen haar oor houden en luisteren of er geluid uit kwam. Hoe stom is dat?'

'Wij hebben hier geen rozijnen,' zegt Dex. 'Doe het nou maar.'

'Goed dan.'

Ze pakken elkaars hand tot ze een gesloten cirkel vormen en doen hun ogen dicht. Even later is het stil.

Dex voelt dat Isabel zachte handen heeft. Heel anders dan die van Lucas. Zijn handpalm is ruw. In gedachten gaat Dex terug naar de grot. Shoda raakte helemaal in paniek. Heeft haar verdwijning daar iets mee te maken? Het moet vreselijk voor haar zijn dat ze ooit gewoon ergens op straat is gelegd. Gedumpt als oud vuil omdat haar ouders haar niet wilden. Wie weet waar ze nu is? Is ze misschien weggelopen en heeft ze daarna een ongeluk gehad? Hoeveel pech kun je hebben? Maar waarom heeft dan niemand haar gevonden?

De handen die Dex vasthoudt worden steeds warmer. Ineens is zijn hoofdpijn verdwenen. Na een paar minuten opent hij voorzichtig zijn ogen. De andere vier hebben ze nog steeds dicht. Bij Lucas ziet hij een paar tranen over zijn wang lopen. Zijn vriend maakt zich echt zorgen, net als hij. Ineens beseft hij dat hij eindelijk echt bij een groep hoort. Nog nooit heeft hij echte vrienden gehad, maar nu hij ze heeft, raakt hij er meteen al eentje kwijt.

Hij kijkt naar Isabel. Even is hij helemaal in de war en wrijft hij over zijn buik. Wat voel ik me toch raar, denkt hij. Wat voel ik toch? Het is weer dat extra gevoel van hem.

Het lijkt wel of Shoda hier is.

HOOFDSTUK 14

ONMOGELIJKE SITUATIE

In een hok op een onbekende plek, in een donkere ruimte tussen ijzeren opbergrekken langs betonnen muren vol spinnenwebben, daar zit ze. Deze ruimte wordt al jaren nergens meer voor gebruikt. Het ruikt er muf en vies, naar een verstopt riool. De spullen die er zijn opgeslagen liggen er al een eeuwigheid. Niemand kijkt er naar om en niemand komt ooit in die ruimte.

Behalve Shoda.

Ze wrijft over haar wangen en moet heel erg aan haar vrienden denken. Het voelt alsof ze bij haar zijn. Dat kan helemaal niet, denkt ze, maar ze voelt ze toch en dat is fijn. Ze wordt er rustig van. Alle emoties en angsten die in haar tekeergaan worden er minder van. Ze denkt aan Dex en Kaan, Isabel en Oscar. Maar het meest denkt ze aan Lucas. Waren ze maar écht hier – met z'n zessen zouden ze haar onmogelijke situatie misschien kunnen oplossen. Maar de anderen zijn niet hier en zij kan niet meer naar huis, nooit meer. Ze is zo verdrietig dat ze niet helder kan nadenken.

Opeens gaat de deur van het hok open. Iemand stapt naar binnen en knipt het licht aan. Het is Brian, een jongen van een jaar of achttien. Hij heeft een kant-en-klare maaltijdsalade bij zich en een flesje sinaasappelsap. 'Heb je hier genoeg aan?'

Shoda knikt. 'Ja, lekker.'

Brian verzorgt haar zolang ze hier zit. Hij geeft haar te eten en te drinken en zorgt ervoor dat ze naar de wc kan zonder dat iemand haar vindt. Eerst schrok ze zich kapot toen hij opeens bij haar in het hok stond. Ze vertrouwde niemand meer. Maar hij bleek juist heel vriendelijk en hij had onmiddellijk door dat ze bang was. Sindsdien is hij heel voorzichtig met haar.

Brian trekt het plasticfolie van de salade en geeft de bak aan Shoda. 'De volgende keer breng ik bestek mee. En heb je de sleutel van de wc nog? Niet kwijtraken hoor. Weet je nog hoe je er moet komen?'

Ze weet het inmiddels heel precies. De wc is aan het einde van een smal gangetje. Ze moet goed opletten voor de beveiligingscamera's die in de winkel hangen. Als ze slim loopt, blijft ze de hele tijd buiten beeld. Brian heeft uitgezocht welke route ze moet volgen, langs welke schappen en door welke paden, waar ze moet duiken en waar ze omheen moet draaien.

Die route heeft ze glashelder in haar hoofd.

'Gaat het wel een beetje?' vraagt de jongen. 'Ik begrijp dat we nergens over kunnen praten en ik zeg ook niks, tegen niemand, echt niet. Maar iedereen heeft het over je. Vanmiddag waren hier een paar jongens met een foto van je, die zoeken je.'

Haar vrienden zoeken haar. Dat is een enorme geruststelling. Maar tegelijk schrikt ze, want wat moet ze doen als ze haar vinden? Dan wordt het alleen maar erger. Daar kunnen haar vrienden niets aan doen. Ze zucht. Het is allemaal zo moeilijk.

'Wat heb je gezegd?'

'Niets.' Hij zegt niets meer, maar gaat ook niet weg. Hij komt op zijn hurken voor haar zitten. 'Je kunt hier toch ook niet eeuwig blijven,' voegt hij eraan toe.

Shoda haalt haar schouders op. 'Waarom niet?'

'Straks denken ze dat ik je hier opgesloten heb en dan ben ik de lul.'

'Maak jij je nou maar geen zorgen,' zegt Shoda. Ze weet dat hij gelijk heeft, ze luistert echt wel naar hem. Ze kan hem vertrouwen. Maar hoe moet het nu verder? Waar kan ze nog heen? Haar hele leven ligt overhoop, ze is in de war, ze weet geen uitweg meer.

Brian gaat weer weg en doet de deur achter zich dicht. Shoda wacht nog een poos tot ze zeker weet dat ze niemand meer in de winkel hoort. Dan glipt ze het hok uit en volgt heel precies de aanwijzingen. Ze sluipt langs de schappen met koffie en thee, langs de melk en yoghurt. Als ze hier wordt betrapt, wordt alles nog erger.

Om de zoveel stappen blijft ze staan en luistert ze

of ze iets hoort. Elk geluid jaagt haar de stuipen op het lijf. Een plotseling knal. Het tikken van metaal op metaal. Shoda wacht tot het weer stil is. De geluiden die ze om zich heen hoort zijn afkomstig van de vriesvakken en koelvakken die de hele nacht aan blijven.

De wc is schoon en fris. Pas als ze klaar is merkt ze pas dat er geen toiletpapier meer is. 'Ook dat nog,' zucht ze. Ze zou kunnen huilen, maar daar is ze allang voorbij. Het is net of ze geen tranen meer heeft.

Ze droogt zich met een lap die ze vindt en gaat terug naar het hok. Daar eet ze de salade en denkt weer aan haar vrienden. Waar zijn ze? Net voelde ze hun aanwezigheid nog heel sterk en nu niet meer. Misschien moet ze terug naar huis? Maar ze is bang dat alles dan nog erger wordt.

HOOFDSTUK 15

IN DE AANVAL

Als Dex naar huis fietst heeft hij meteen alweer heimwee naar zijn vrienden. Hij ziet ertegen op om thuis te komen, hij beseft dat hij weer veel te laat is. Had mijn moeder maar elke avond cursus, denkt hij. Hopelijk ligt ze al in bed. Dan sluip ik de trap op en ga ik lekker pitten.

Nadat hij zijn fiets in de schuur heeft gezet, ziet hij dat de lampen beneden nog aan zijn. *Ai*, nu krijgt hij op zijn kop.

'Hoi, mam!' roept Dex quasi-vrolijk als hij de kamer in komt. 'Heb je een leuke dag gehad?'

Zijn moeder stopt haar telefoon weer weg en schudt van nee. 'Ik heb geen fijne dag gehad, want ik weet niet meer wat ik met jou aan moet. Straf of geen straf, jij doet gewoon waar je zin in hebt. Nu ben je weer te laat.'

'Ja maar, mam,' begint Dex.

'Ik wil geen ja maar horen.'

'Sorry. Ik wilde zeggen dat we Shoda proberen te zoeken, maar het lukt niet.' Dex voelt zich doodmoe en moet eigenlijk gapen. Toch klemt hij zijn lippen stijf op elkaar. 'Voor straf zal ik nu wel naar bed gaan.'

'Daar komt niks van in,' zegt zijn moeder. 'Haal je huiswerk maar tevoorschijn. Je hebt de hele week nog niks aan school gedaan.'

'Maar het is al kwart voor elf! Dan ben ik morgenvroeg niet fit.'

'Dat had je maar eerder moeten bedenken. Als je zo doorgaat blijf je zitten.'

'Hoe weet je dat nou? Het lukt heus wel. En trouwens, als we Shoda niet vinden heeft het toch allemaal geen zin.'

Zijn moeder komt naast hem zitten en slaat een arm om hem heen. 'Ze komt heus wel weer terug,' zegt ze. 'Daar moet je op vertrouwen.'

'Vertrouwen, alsof het dan vanzelf gaat.'

Dex zucht diep en haalt een paar boeken en zijn iPad tevoorschijn. Na het doorlezen van een hoofdstuk uit zijn Franse boek, maakt hij zijn huiswerk op zijn tablet. Dex heeft het gevoel dat hij de Franse woordjes en zinnen dubbel ziet. Pas tegen half twaalf mag hij naar bed.

De volgende morgen gaat hij chagrijnig op weg naar school. Nog voor hij zijn fiets in het rek zet, ziet hij zijn vrienden buiten het schoolplein bij elkaar staan. Ze praten met een vrouw. Wie is dat? Het is niet Engerd en ook niet de vrouw van Slachtofferhulp. Wie dan wel?

Isabel wenkt Dex. 'Kom je erbij? We zijn benieuwd wat jij vindt.'

'Huh? Waar gaat het over?'

De vrouw neemt het woord. 'Is de groep compleet?'

'Op Shoda na wel,' zegt Isabel.

'Snap ik. Ik ben Sylvie Meester en ik zit in de redactie van het tv-programma *Actueel*. Kennen jullie dat? Het wordt gepresenteerd door Thalita.'

Isabel zet grote ogen op. 'Die is toch hartstikke beroemd? Ik zie weleens filmpjes van haar op de juice-kanalen.'

'We maken elke week een reportage over zaken die in het nieuws zijn,' gaat de vrouw verder.

'Dus?' vraagt Dex een beetje kortaf. Hij is nog niet helemaal wakker en hij is met zijn kop heel ergens anders. Bij hoe het nu verder moet en bij A-ha die hij niet meer kan vinden en die gezegd heeft dat ze moeten opschieten. Voor dit tv-gedoe hebben ze geen tijd.

'Dus vroeg ik me af of jullie als vriendengroep morgenavond live in de uitzending van *Actueel* willen komen.'

'Komen we dan met z'n allen op televisie?' vraagt Isabel voor de zekerheid.

'Ja.'

'Waarom zouden we dat doen?' wil Dex weten. 'Wie kijkt er nog tv? Niemand toch?'

'Laat ik vooropstellen dat ik er alle begrip voor heb als jullie niet willen komen. Jullie hebben een sterke band met Shoda en het kan erg emotioneel voor jullie zijn. Aan de andere kant denk ik dat het juist goed is om jullie verhaal op tv te vertellen, zodat de mensen blijven vragen en zoeken. In heel veel verdwijningszaken ebt de aandacht langzaam weg en blijft een doorbraak ook uit.'

Dex knikt. Hij heeft er nooit bij stilgestaan dat anderen Shoda zullen vergeten. Dat mag echt niet gebeuren. 'Klinkt logisch,' zegt hij. 'Maar hoe gaat dat dan?'

'Eerst moeten jullie natuurlijk overleggen met je ouders. Als zij het niet willen, gaat het niet door. Dat zou heel jammer zijn natuurlijk. Als jullie ouders het wel goed vinden en jullie willen het ook, dan regelen wij morgenavond taxi's zodat iedereen op tijd in de studio is. Jullie ouders zitten op de tribune en jullie doen het woord. Hopelijk komen er na de uitzending tips binnen waardoor Shoda weer veilig terug naar huis kan. Bovendien gaan we respectvol met onze gasten om. En we laten jullie heus niet alleen. Als jullie er na de uitzending met iemand over willen praten, dan kan dat. Dat regelen we. '

De vijf vrienden kijken elkaar vragend aan.

'Wat doen we?' vraagt Oscar.

'Wat vind jij?' kaatst Isabel de bal terug.

'Absoluut. Doen. Cool,' zegt hij.

'Voor Shoda!'

Kaan knikt. 'Laten we het doen. Als we nooit meer iets van Shoda horen, krijgen we er later spijt van als we dit niet doen.' Hij knipoogt naar zijn vrienden. '*Duy beni*, weten jullie nog? Hoor me. We willen gehoord worden.'

Dex en Lucas zijn het met Kaan eens.

'En nu?' vraagt Dex aan de redactrice.

'Ik geef mijn visitekaartje mee. Willen jullie voor vanavond negen uur reageren via de mail of mijn 06-nummer?'

Lucas knikt.

Tevreden loopt de vrouw naar haar auto.

Isabel twijfelt. 'Ik wed dat mijn moeder het niet goed vindt dat we op tv komen.'

'Mijn moeder kijkt altijd naar *Actueel*. Die vindt het vast wel goed,' zegt Oscar. 'En we mogen met de taxi naar de studio. Komt goed uit, want wij hebben niet eens een auto.'

'We moeten eerst met ons vijven afspreken of we gaan,' zegt Dex. 'Daarna vragen we het pas aan onze ouders. Laten we er tijdens de les nog even over nadenken. Als we met z'n allen willen, dan moeten de ouders naar De Bus komen.'

'Strak plan,' zegt Oscar. 'En als ze niet willen?'

Dex kijkt bedenkelijk. 'Dan hebben we een probleem, een groot probleem.'

Tijdens de middagpauze ontloopt het vijftal de drukte in de grote kantine. Ze verlaten het schoolplein om ergens rustig te kunnen overleggen.

'Laten we alle voor- en nadelen op een rijtje zetten,' stelt Dex voor.

'Er kijken echt vet veel mensen naar,' zegt Oscar.

Dan begint Isabel op te sommen: 'De voordelen zijn dat heel Nederland misschien mee gaat zoeken naar Shoda. Of iemand die meer van de zaak weet meldt zich.'

'Misschien dat die A-ha dan weer van zich laat horen.'

'En de nadelen?' vraagt Kaan.

Even is het stil. Niemand kan iets bedenken.

Dex heeft er een hard hoofd in. 'Wat gaan de ouders doen? En Steffan en Fjodr? Hoe krijgen we hen naar De Bus? En als ze er zijn en het niet goed vinden?'

'Dan houdt alles op,' zegt Lucas. 'Maar dan hebben we het wel geprobeerd. We moeten het eerlijk spelen. Het gaat om Shoda. We vragen of ze komen en zeggen dat het heel belangrijk is.'

'Je hebt gelijk,' geeft Isabel toe. 'Ik stuur Steffan en Fjodr wel een appje. Zij moeten erbij zijn.'

Als Dex thuiskomt is zijn moeder nog op haar werk. Hij gooit vissticks in de pan, maakt een pot worteltjes open en bakt wat aardappelschijfjes. Daarna dekt hij de tafel en zet een glas witte wijn voor zijn moeder klaar.

'Wat een verrassing,' zegt ze als ze na een poos de keuken in komt.

Nadat hij het eten heeft opgeschept, haalt hij even diep adem om moed te verzamelen. Hij vindt het altijd een beetje eng om serieus met haar te praten, dus begint hij gewoon maar. 'Mam, ik heb een vraag. Een echt belangrijke vraag.'

'Ik luister,' zegt zijn moeder met een mond vol gebakken aardappels.

Dex legt uit wat er allemaal is gebeurd, en dat ze met alle ouders in De Bus willen praten.

'Als we op tv zijn, krijgen we de kans om over Shoda te vertellen. De politie weet niks, soms denk ik dat wij de enigen zijn die proberen haar te vinden. Weet je wel hoe moeilijk dat is? Dit is het laatste wat we voor haar kunnen doen.'

'Op tv?'

'Ja.'

'Bij *Actueel*?'

'Ja.'

'Echt waar? Dat is heel groot, weet je dat wel? Daar kijkt zo'n beetje half Nederland naar.'

'Dat zei Oscar ook al. Maar wat moeten we anders?'

'Niks,' zegt zijn moeder, ineens enthousiast. 'Je moet niks anders. Dit moet je doen. Jullie hebben helemaal gelijk. Ik wil alleen dat je begrijpt wat er op jullie af kan komen. Iedereen gaat zich ermee bemoeien, iedereen heeft dan opeens een mening over je, en die is niet altijd even leuk.'

Dex weet wat zijn moeder bedoelt. Op Insta en TikTok reageren mensen soms al achterlijk en nu komt hij zelfs met zijn hoofd op tv.

'Maar ik vind het geweldig dat jullie dit voor Shoda willen doen, dus ik ga mee naar De Bus.'

Dex glundert. Even later krijgt hij allemaal duimpjes in de groepsapp. 'Alle ouders komen naar De Bus,' zegt hij trots tegen zijn moeder.

Dex en zijn moeder komen tegen zeven uur aan. De buitenkant van De Bus is met graffiti bespoten door een kunstenaar.

'Dus dit is de plek waar jullie zo vaak bij elkaar komen?'

'Ja,' zegt Dex. 'Hier is het chill.'

'Maar dat is het thuis toch ook?'

'Ja, ook, maar hier zijn we onder elkaar. Dat is anders, mam.'

Dex wijst naar Lucas en Kaan. Hun ouders zijn ook meegekomen, net als Oscar en zijn vader.

In de verte roept Isabel: 'Hoi, wij zijn er ook!' Ze loopt hand in hand met haar moeder.

'We wachten nog op Steffan en Fjodr,' zegt Dex.

Isabel krijgt een melding op haar telefoon en leest de app. 'Dan kunnen we nog lang wachten. De ouders van Shoda hebben besloten om niet te komen. Ze zijn al zo vaak in de krant en op tv geweest. Nu is het onze beurt en ze willen ons niet voor de voeten lopen.' Ze stopt haar telefoon weg. 'Dus nu is het aan ons.'

Lucas en Isabel vertellen vol enthousiasme over het verzoek van het tv-programma.

Dex ziet dat alle ouders serieus naar elkaar kijken.

De moeder van Isabel knipoogt naar haar dochter. 'Isabel voelt zich thuis bij de jongens en Shoda. Laten we ze de kans geven om voor hun vriendin te blijven knokken.'

De rest van de ouders knikt instemmend.

Isabel geeft het visitekaartje van Sylvie Meester aan haar moeder. 'Mam, bel jij die mevrouw om te zeggen dat we morgen met z'n allen naar de tv-studio komen?'

Op een rare manier hebben de vijf vrienden het gevoel dat ze nu pas echt in de aanval gaan.

Het werd hoog tijd.

HOOFDSTUK 16

NAAR DE STUDIO

Het hele gezelschap is met taxi's vanuit Langdam naar de tv-studio's gebracht. Het zijn enorme gebouwen. Het lijken wel distributiecentra zoals ze ook aan de rand van Langdam staan: groot en vierkant zonder ramen.

Als dit maar lukt, denkt Dex. Ze moeten een doorbraak zien te forceren in hun onderzoek en hij hoopt dat ze dat via de tv voor elkaar krijgen.

Bij de ingang worden ze opgevangen door een gastvrouw die haar duim opsteekt. 'Jullie zijn de vijf vrienden van Shoda? Welkom. Wat moedig dat jullie je verhaal komen vertellen.' Tegen de ouders zegt ze: 'Jullie mogen in de kantine wachten. Daar staat drinken en een broodje klaar. Straks wijzen we u waar u mag gaan zitten. Jullie vijven komen met mij mee naar de visagisten. We hebben nog anderhalf uur voordat de uitzending begint.'

Als de ouders protesteren en zeggen dat ze juist bij hun kinderen willen blijven, stelt de vrouw iedereen gerust. In de kleedkamer is niet zoveel ruimte en dan zitten ze te veel op elkaars lip. 'Dat is voor de kinderen veel te druk en dan kunnen wij ook niet goed werken.'

De kleedkamer is een ruimte met spiegels en zachte fauteuils. Er staan drie visagisten klaar.

'Welkom, wij gaan ervoor zorgen dat jullie er helemaal top uitzien voor de camera, we doen jullie haren en make-up,' zegt een van de drie.

'Leuk, ik word opgemaakt,' zegt Isabel. 'Mijn haar wil ik wel in een vlecht. Mag ik ook rode nagels?' De visagist knikt.

'Dat zal je vast allemaal goed staan,' verwacht Dex.

'Wil je naast haar gaan zitten?' vraagt een van de visagisten.

'Huh? Worden wij ook opgemaakt?' Dex is verbaasd. 'Ik ben toch geen meisje?'

'Wat heeft dat er nou mee te maken?' zegt Oscar. 'Jongens mogen zich ook opmaken. Waar staat dat dat niet mag?'

'Nergens, maar het lijkt me raar.'

'Nou, Oscar mag best wat mascara op,' zegt Isabel. Oscar bloost.

De visagiste pakt het soepel op. 'Zou je dat willen?' vraagt ze. 'Een beetje make-up?'

'Misschien wel, ja,' bekent Oscar. 'Maar niet te veel hoor!'

'Maak je geen zorgen, het wordt heel mooi. En we maken jullie vooral op omdat je anders door de felle lampen gaat zweten,' legt ze uit. 'Dan gaat je gezicht helemaal glimmen en dat ziet er heel raar uit op het scherm.'

'Goed dan.' Dex ziet dat de kleur van zijn rode wangen door het poeder verandert in lichtbruin. Staat me best goed, denkt hij.

Na de opmaaksessie worden ze door de gastvrouw naar een andere ruimte begeleid.

'Jullie mogen snacks en drinken pakken, zoveel je maar wilt. We hebben nog een klein halfuur voordat we live gaan. De regisseur komt dadelijk en spreekt alles even met jullie door.'

Met z'n vijven gaan ze op een grote hoekbank zitten.

Dit is toch wel heel spannend, denkt Dex. Alles wat gezegd wordt, wordt meteen uitgezonden. Hij kijkt naar de andere vier. Iedereen staart gespannen voor zich uit.

Oscar staat op en bekijkt zichzelf in de spiegel. 'Dit is echt cool,' zegt hij. Hij straalt, alsof hij zichzelf nu pas herkent.

Als de regisseur binnenkomt, weet hij meteen de spanning weg te nemen. De man zwaait met zijn draaiboek dat hij heeft opgerold. 'Heel dapper dat jullie in de uitzending willen komen. Ik heb één advies voor jullie: sta er niet te veel bij stil dat je op tv bent. Doe alsof je je verhaal aan je ouders vertelt. Je hoeft echt niet zenuwachtig te zijn.' Hij maakt drukke gebaren en kijkt steeds in zijn draaiboek.

Volgens mij is die man zelf bloednerveus, denkt Dex.

'We gaan er een mooie uitzending van maken,' gaat de regisseur verder. 'Een van jullie komt naast de presentatrice te zitten en doet het verhaal. De andere vier nemen plaats op de stoelen op de eerste rij. De ouders zitten boven jullie.'

Dex is verbaasd. 'We doen het toch samen?'

'Ja, jullie doen het samen,' zegt de regisseur. 'Maar we moeten oppassen dat de uitzending niet chaotisch wordt. Vandaar dat één iemand mag vertellen. Wie van jullie kan dat het beste?'

Isabel schudt van nee. 'Mij niet gezien. Als ik alleen al aan Shoda denk moet ik huilen. Dat wordt niks.'

'Ik doe het ook niet,' zegt Lucas. 'Ik ben bang dat ik te veel vertel. Dan krijg ik er later spijt van.'

'Ik word veel te snel kwaad,' zegt Oscar. 'Zo kwaad dat ik de studio dan ga verbouwen.'

De regisseur zucht. 'Dat is niet de bedoeling.'

Kaan houdt zich afzijdig.

Dex voelt dat alle blikken op hem zijn gericht. Zijn buik voelt opgeblazen door de spanning. Durfde ik het maar, denkt hij. Wat zou iedereen dan trots op me zijn. Maar als het fout gaat, ga ik totaal af. Dan heb ik geen leven meer. Toch voelt hij dat hij nu moet doorzetten. 'Ik doe het wel,' zegt hij.

Isabel is verbaasd. 'Wat? Jij?'

'Ja, iemand moet het toch doen?'

Ze vliegt hem om de hals. 'Echt vet dat je dit durft.'

De regisseur kijkt op de klok aan de wand. 'We gaan naar de studio.'

De presentatrice zit al klaar aan het hoofd van de tafel. Ze geeft de vrienden allemaal een hand en stelt zichzelf voor: 'Ik ben Thalita.'

Isabel glundert. 'Dat weet ik. Mag ik even een selfie met u maken?'

'Snel dan,' zegt Thalita.

Isabel legt haar linkerhand op de schouder van de presentatrice en maakt met haar andere hand de foto. 'Cool.'

'Zetten jullie je telefoons nu op stil?' vraagt de presentatrice voor de zekerheid.

Aan het einde van de tafel is een autocue bevestigd. Dat is een apparaat waarop de teksten te zien zijn die de presentatrice moet uitspreken. Eerder dacht Dex dat iedereen die bij de tv werkte alles uit zijn hoofd leerde. Op deze manier is het eigenlijk een makkie, denkt hij.

Dex krijgt een stoel schuin naast Thalita. De anderen zitten op stoelen langs de kant.

'Stilte, graag,' zegt de regisseur. 'We gaan aftellen, nog tien seconden.'

Dex denkt terug aan de grot, toen ze beloofden elkaar altijd te steunen. Dat moeten ze nu ook doen. Toch is hij bang. Wat zei Sven Alsman ook alweer? Eens een dief, altijd een dief. Dat is niet waar. Eens bang, altijd bang. Dat is ook niet waar. Als je maar graag genoeg wilt, kun je veranderen. Daarom zit hij nu hier, omdat hij niet meer bang wil zijn.

Ondertussen is hij serieus zenuwachtig.

HOOFDSTUK 17

DE UITZENDING

Het is bijna zover. Nog een paar seconden voor ze live zijn en opeens staat Lucas op. Hij pakt zijn stoel en komt naast Dex zitten. De andere drie volgen zijn voorbeeld.

'We doen dit samen,' zegt Lucas.

'Yes!' Dex is heel erg opgelucht.

Thalita is verbaasd, maar kan zo kort voor de uitzending niet meer reageren. 'Dit is niet de afspraak,' zegt ze nog, maar de regisseur telt al af.

'Drie, twee, één.'

Op een groot scherm ziet Dex dat het programma begint. Beelden van de zoektocht naar Shoda flitsen voorbij, begeleid door de openingstune.

De presentatrice begint op te lezen wat in de autocue voorbijkomt: 'Goedenavond. Van harte welkom bij een nieuwe aflevering van *Actueel*. Mijn naam is Thalita.

Zoals u ongetwijfeld hebt meegekregen, is Shoda van Limburg plotseling verdwenen. Haar ouders, die slechts mondjesmaat met de pers wilden praten, denken dat ze is ontvoerd. Ze is nog steeds spoorloos. Daarom praten we vandaag met haar vijf vrienden: Dex, Isabel, Kaan, Oscar en Lucas. Zij kennen Shoda het beste. Mag ik bij jou beginnen? Jij bent Dex. Klopt dat?'

Dex knikt.

'Wat voor meisje is Shoda? Kun je daar iets over vertellen?'

Even blijft het stil. Dex heeft het gevoel dat zijn eerste woorden over Shoda heel belangrijk zijn. Hij haalt diep adem. 'Shoda is heel dapper,' zegt hij.

De andere vier knikken.

'Ze staat altijd voor anderen klaar. Toch? Dat is toch zo?' Hij kijkt naar de anderen. 'Zeg jij eens wat, Lucas.'

Lucas durft niet naar de presentatrice te kijken, hij staart naar de tafel en mompelt iets.

'Wat zeg je?' vraagt Thalita. 'Kun je iets dichter bij de microfoon praten misschien?'

Dan kijkt Lucas op, recht in de camera. 'Shoda is gewoon de liefste,' zegt hij heel gemeend. Opeens kan hij zijn tranen niet bedwingen. De camera komt steeds dichterbij.

'En nu is ze ontvoerd,' merkt Thalita op.

Er valt een stilte.

'Terwijl iedereen eerst nog dacht dat ze werd gepest. En dat ze daarom dus was weggelopen?' voegt Thalita daaraan toe.

'Niet waar, wij dachten dat helemaal niet,' zegt Dex. 'Dat is een leugen. Alleen de mensen die haar niet kennen dachten dat.'

'Oké, dat begrijp ik. Nu vraagt heel Nederland zich af of Shoda is ontvoerd. En zo ja, door wie?'

Weer valt het stil. Niemand durft iets te zeggen. Kaan draait op zijn stoel, Lucas kijkt weer naar de tafel, Isabel kijkt strak voor zich uit.

'Iedereen praat elkaar maar na,' zegt Oscar. 'En nu doet u het ook. Daar kan ik dus echt niet tegen!' Hij staat op en wil weglopen, maar Kaan houdt hem tegen. 'We zitten hier voor elkaar,' zegt hij. 'Maar dan moeten we wel bij elkaar blijven.'

Thalita wacht rustig tot de twee jongens weer zitten, ze onderbreekt hen niet. Iedereen kan zien hoe moeilijk ze het hebben met de verdwijning. De mopperende Oscar maakt meer duidelijk dan welk antwoord dan ook.

Dex doet zijn mond open. Hij moet wel. Straks denken alle kijkers dat ze van die domme kinderen zijn die zo nodig op tv moeten. 'Shoda is niet ontvoerd,' zegt hij. In de stilte klinken zijn woorden hard.

'Niet ontvoerd?' herhaalt Thalita. 'Vertel! Waarom denk je dat?'

Waar is hij aan begonnen? Had hij nou maar zijn mond gehouden. Nu kan hij niet meer terug. 'Als Shoda ontvoerd was, dan zouden wij dat weten. Geloof me nou maar. Echt, wij weten dat van elkaar. Daarom zijn we vrienden.'

De presentatrice reageert niet. Ze kijkt hem afwachtend aan.

'Maar misschien begrijpt u dat niet,' zegt Dex. 'Misschien weten mensen niet meer wat echte vrienden zijn.'

'Jullie zijn echte vrienden omdat er een tijdje geleden iets is gebeurd... Wil je daar iets over vertellen? Dan begrijpen we het misschien beter.' Thalita zit op het puntje van haar stoel.

Dex verzamelt al zijn moed. Hij is live op tv en híj is begonnen te vertellen. Tot zijn eigen verbazing is hij over zijn angst heen. Hij voelt dat hij niet meer bang is. Hij weet niet eens meer waar hij nou zo bang voor was.

'In de grotten ging er een gids met ons mee. De groepen waren best wel groot. We kregen heel veel informatie, dat er achtduizend jaar geleden jagers onder de grond woonden en er wandschilderingen maakten.'

'Klopt,' zegt Lucas. Hij neemt het gesprek over. 'We liepen met ons zessen achteraan. We waren een beetje aan het praten en zo en opeens raakten we achterop. De gids liep helemaal vooraan en had het niet in de gaten.'

'We zagen een deur,' gaat Oscar verder. 'Een zware, ijzeren deur. Ik was nieuwsgierig dus ik trok hem open. Dat leek ons wel spannend, tot die deur achter ons dichtviel en we niet meer terug konden. We riepen om hulp, maar niemand hoorde ons. De gangen waren eerder wel verlicht, maar nu kwamen we in een donkere ruimte.'

'Toen zijn we gaan dwalen,' zegt Kaan. 'We liepen en liepen, helemaal onderaan was een ondergrondse rivier. We verdwaalden en na een halfuur raakten we in paniek.'

'Konden jullie niet bellen?' vraagt de presentatrice.

'Duh! Nee dus, in zo'n grot is geen bereik,' antwoordt Isabel.

'En toen?'

Dex gaat weer verder. 'We hadden niets te eten en te drinken. Shoda kreeg een paniekaanval. Ze huilde, echt.' Hij krijgt een brok in zijn keel.

'Iedereen schrok ervan,' zegt Oscar. 'Ze dacht dat we nooit meer uit die grot zouden komen. En eerlijk gezegd dacht ik dat ook. Toen het zo lang duurde, begonnen we elkaar onze geheimen te vertellen. Echte vrienden hebben geen geheimen voor elkaar. Shoda is heel erg bang dat ze alleen wordt gelaten.'

'Dat begrijp ik,' zegt de presentatrice. 'Dat zijn we allemaal. Niemand wil alleen gelaten worden.'

'Nee, dan begrijp je het niet,' vervolgt Oscar. 'Bij haar is dat anders. Ze werd als baby achtergelaten door haar moeder. Die heeft haar gewoon op straat gelegd bij een weeshuis. Op straat! Dan ben je pas alleen. Dat is heel anders dan wanneer ik een keer alleen thuis ben. Of als al mijn vrienden met vakantie zijn of als ik ergens te laat kom en iedereen is al weg. Shoda was echt kapot alleen. Ze is er zo bang voor dat dat nog een keer zal gebeuren.'

'Wat vreselijk,' zegt Thalita, haar stem vol empathie.

'Zoiets laat je nooit meer los.'

De regisseur seint onopvallend naar haar dat het item nog vijf minuten duurt.

'Ze vertelde dat ze soms midden in de nacht wakker wordt,' zegt Dex. 'En dan...' Hij maakt zijn zin niet af. Hij denkt na. Wat kan hij zeggen? 'Ze zei dat ze weg zou gaan en nooit meer terug zou komen als ze weer zo alleen werd gelaten.'

Thalita leunt opeens naar voren en kijkt de groep indringend aan. 'Dat is heel heftig,' zegt ze. 'Hoe zijn jullie eigenlijk uit die grot gekomen?'

HOOFDSTUK 18

THE GREAT ESCAPE

'*Duy beni, hi, hi, duy beni, hi, hi.*' Kaan neuriet verder. Ze zitten al meer dan vijf uur vast. Het wordt steeds kouder.

Dex merkt dat zijn batterij helemaal leeg is. 'We hebben een zaklamp minder,' zegt hij somber. Het kan toch niet zo zijn dat niemand ons zoekt? Hij heeft door het huilen een loopneus gekregen en veegt met zijn mouw over zijn gezicht. Ze zullen ons toch wel missen? In ieder geval als iedereen naar de bus gaat.

'Waarom komt niemand ons helpen?' vraagt Shoda snikkend. 'Ik hou het niet lang meer vol.'

Oscar wordt ongeduldig. 'Ik ook. Iedereen wil weg, maar heb jij een oplossing? Je zit alleen maar te jammeren. Hoeveel aandacht wil je?'

'Kappen, Oscar!' roept Lucas. 'Zij kan er ook niks

aan doen dat we hier vastzitten. Jij hebt ons hierin geloodst, zij niet.'

Kaan begint weer te zingen: '*Duy beni, duy beni, uyan ve duy beni.* Word wakker en hoor me.' Als hij op het Nederlands overgaat breekt hij, stopt hij met zingen en slaat zijn handen voor zijn gezicht.

'Wat is er?' vraagt Dex.

'Ik kan wel blijven zingen, maar wat heeft het voor nut? Jullie worden er alleen even rustig van, verder niet. Ik heb weleens in een film gezien dat mensen dan langzaam bewusteloos raken en in een coma belanden. Misschien merken we er maar weinig van. Dan voelt het als slapen, met het enige verschil dat we nooit meer wakker worden.'

'Zo mag je niet praten,' zegt Isabel geschrokken. 'We moeten de moed niet opgeven.'

'Wat is je plan, boss?' vraagt Oscar.

'We maken met z'n allen een rij. Ik loop voorop en Oscar achteraan. Dex komt als tweede en geeft mij een hand. Lucas en Shoda komen erna. Daarna Kaan. Lucas en Kaan houden Shoda in de gaten als ze in elkaar zakt...'

'Dan mag ze bij mij op de rug,' vult Lucas aan.

'Met de telefoons die het nog doen schijnen we bij en deze keer letten we er extra op dat we niet in rondjes lopen. Ik schijn naar voren en probeer de weg omhoog te vinden.'

'Goed plan,' zegt Dex. 'Ik heb het steenkoud. Hopelijk word ik door het lopen wat warmer.'

'Laat me maar hier,' zegt Shoda. 'Ik kan geen stap meer zetten.'

Lucas reageert onmiddellijk: 'We laten jou niet achter. *Nooit*. We komen hier met z'n allen uit. We voelen ons allemaal rot. Als we hier uitkomen, lachen we erom.'

'Dan gaan we zingen met z'n allen,' zegt Kaan lachend.

'Bij mijn moeder in het gemengde koor,' zegt Oscar. 'Dan geven we ons op als lid. Gaan we ouwe-lullenliedjes zingen.'

Iedereen schiet in de lach, zelfs Shoda.

Dex krijgt de slappe lach. Dat komt vast door de zenuwen.

'Neem jij mijn telefoon maar, Kaan,' zegt Lucas.

Langzaam schuifelen ze verder.

'Hoe gaat het achteraan?' vraagt Isabel even later.

'Goed,' zegt Oscar.

Na een lange klim komen ze bij een T-splitsing.

'Deze komt me bekend voor,' zegt Isabel.

'Die zijn we ook al drie keer tegengekomen,' herinnert Shoda zich. 'We gingen toen telkens rechtsaf, en we kwamen steeds bij het riviertje terecht.'

In het steeds zwakker wordende licht van hun telefoons bekijken ze de T-splitsing. Ze kijken links en rechts.

'Volgens mij moeten we echt naar rechts,' zegt Isabel.

Maar Shoda is plotseling vastbesloten. 'Nee, niet

naar rechts. Kijk, hier,' zegt ze en ze zakt door haar knieën. 'Schijn even bij met je telefoon.'

Isabel gaat ook op haar hurken zitten en schijnt op de grond. 'Kijk, dit zijn onze voetstappen. Onze eigen sporen. Hier en hier, zie je? Daar komen we vandaan. We moeten naar links!'

Een voor een moeten ze haar gelijk geven.

'Dan gaan we nu linksaf,' zegt Isabel.

Langzamerhand wordt hun humeur steeds beter.

'Ik heb het gevoel dat we iets omhooggaan,' zegt Isabel. 'Dat is een goed teken.'

Uitgeput lopen ze door. Isabel heeft de beste conditie. Maar ook Shoda toont opeens geen spoor van vermoeidheid meer. De rest kreunt en steunt.

Ruim een kwartier later schijnt Isabel met haar zaklamp voor zich uit. 'Kijk dan!' roept ze. 'Daar is de zwarte deur. Hij valt bijna niet op, maar dit is 'm!'

Oscar is ook opgelucht. 'Dit is de deur naar de vrijheid. Hier hoeven we alleen nog maar even doorheen. Hoe cool is dat?'

Shoda tempert het optimisme. Ze loopt naar de deur en trekt aan de klink. 'Als die met geen mogelijkheid open kan, hoe komen we er dan uit?'

Isabel kijkt op haar telefoon. 'Shit, nog steeds geen bereik.'

Met het laatste licht uit hun telefoons bekijken ze de deur en de wand eromheen. Daar ontdekken ze een luik.

'Wat zou dit zijn?' Kaan gaat eropaf en trekt het luik open. Hij ziet allerlei stoppen en knoppen. 'Dit is een meterkast.'

'Daar schieten we niks mee op,' zegt Isabel. 'Wat nu?'

'Laat mij maar even kijken,' zegt Lucas. Hij draait aan een paar knoppen. Opeens gaat het licht aan en kunnen ze zien waar ze zijn. Met z'n allen inspecteren ze de deur. Die is inderdaad net zo stevig als ze al dachten, maar als ze goed kijken zien ze dat het houten kozijn oud is en in een slordig gemetselde doorgang zit.

Lucas pakt een steen van de grond, slaat ermee op het metselwerk en al snel valt er een stuk baksteen uit.

'Dit kunnen we zo los bikken,' zegt Dex. 'We hameren die bakstenen eruit en dan komt het slot misschien los.'

Met hernieuwde energie gaan ze aan het werk, hun vermoeidheid zijn ze vergeten. De stukken steen vliegen in het rond en langzaam maar zeker wordt de opening steeds groter.

Oscar juicht van blijdschap. 'Ik kan erdoorheen kijken! Ik zie de gang aan de andere kant!'

HOOFDSTUK 19

TERUG IN DE STUDIO

'Dus Shoda was eigenlijk ook heel dapper?' vraagt Thalita.

Dex zucht. 'Dat heb ik in het begin al gezegd.'

'Ze is zeker dapper,' zegt Lucas. 'Ze weet dat ze voor zichzelf moet knokken.'

'Maar ze weet ook dat je dat niet in je eentje moet doen,' zegt Isabel. 'Daarom zijn we hier.'

'De vraag blijft wat er is gebeurd,' zegt Thalita.

'Dat weten we niet, maar we weten wel dat ze leeft. En dat ze terugkomt. Dat moet, het kan gewoon niet anders.' Dex ziet dat de regisseur nog maar één vinger omhoog heeft: nog één minuut. 'Mag ik nog iets zeggen?' vraagt hij. De regisseur geeft een teken dat het akkoord is.

Dex draait zich een beetje en haalt nog een keer diep adem. Hier gaat het om. Nu moet hij het zeggen.

Hij kijkt recht in de camera. 'Dit is voor jou, A-ha. Ik hoop dat je kijkt. Ik weet het eigenlijk wel zeker. Dus laat ons niet zitten. Kom op! Laat van je horen. Neem contact op. *Alsjeblieft.* We wachten op je, gast!'

HOOFDSTUK 20

WAT GEBEURDE ER ZONDAGAVOND?

Het is zes dagen geleden, maar het lijkt wel een jaar. Shoda herinnert zich alles nog superscherp.

Ze is op haar kamer. Na haar bezoek aan Isabel en het geëxperimenteer met gezonde drankjes, wil ze zich verdiepen in smoothies. Maar haar telefoon, die ze twee weken geleden cadeau kreeg, is helemaal leeg. Ze hangt hem aan de oplader. Al haar vrienden, behalve Lucas, zouden een moord doen om zo'n dure telefoon te mogen hebben. Lucas heeft net als zij meteen de allernieuwste iPhone gekregen. Ze trekt de bovenste la van haar bureau open, daar ligt nog een oude telefoon. Er zit zelfs nog een simkaart in, een prepaid met tegoed. De telefoon is nog voor 59% opgeladen.

Shoda verveelt zich en zoekt op het net naar gezonde smoothies en welke combinaties met fruit en groentes lekker zijn. Ze doet oortjes in en luistert naar haar favoriete rapmuziek.

Opeens hoort ze geschreeuw. Met haar telefoon in haar hand sluipt ze de trap af. Haar ouders hebben ruzie, hun stemmen worden steeds luider. Ze gaan tegen elkaar tekeer. Dit is niet de eerste keer dat ze ruziën, toch schrikt ze er elke keer weer van.

De deur naar de kamer staat halfopen. Ze pakt haar telefoon en begint te filmen.

'Jij kunt mij niet tegenhouden,' zegt Steffan. 'Ik wil naar Afrika. Daar ben ik echt vrij om te werken zoals ik wil. En als ik terugkom geef ik een fotoboek uit.'

'Hoe wou je dat betalen dan?' vraagt Fjodr. Hij heeft een wijnglas in zijn hand.

'We hebben toch wel een buffer?' antwoordt Steffan. 'Of is die alweer verdwenen door die veel te hoge hypotheek van ons? Anders bijten we de komende tijd maar op een houtje. Jij geeft altijd kapitalen uit aan Shoda. Dat moet ook maar eens afgelopen zijn. Je verwent haar te veel, dat is niet goed.'

'Doe toch niet zo moeilijk, man. Ik verwen haar en jij gaat er gewoon vandoor. En waarom? Er is hier meer dan genoeg te fotograferen. Je kunt voor de krant op pad gaan. Hou eens op met dat kunstzinnige gedoe. Gewoon hard werken voor je centen. Dat doe ik ook.'

'Dat moet jij nodig zeggen, *scheikundeleraar*. Dat ben je alleen geworden omdat je dan lekker veel vakantie hebt. Jij draait dagelijks je lesjes af. Daar komt helemaal geen passie bij kijken.'

'Omdat we ook nog een kind hebben, ja,' zegt Fjodr.

'Maar ik probeer altijd van elke les iets bijzonders te maken. En bovendien: scheikunde is scheikunde. Het is een prachtig vak. Je leert dat de grote ontdekkingen in heel kleine dingen zitten. En ja, Shoda heeft veel aandacht nodig. Maar ja, dat krijg je. Jij wilde zo nodig een kind. Die adoptie heeft ons alles bij elkaar twintigduizend euro gekost.'

Shoda staat als aan de grond genageld. Ze praten over haar alsof ze niets meer is dan geld. Is dat alles wat ze is? Houden ze dan niet van haar? Ze houdt de camera van haar telefoon nog steeds gericht op haar ouders. Wat zeggen ze allemaal?

Steffan steekt theatraal zijn handen omhoog. 'O, dus nu krijg ik de schuld? Jij wilde toch ook een kind?'

'Ja,' geeft Fjodr toe, 'omdat jij dan gelukkig zou zijn. Maar dat heeft niet lang geduurd. Ik mag haar in m'n eentje opvoeden, terwijl jij je energie stopt in allerlei vage, experimentele fotografieprojecten. Naar Afrika voor een of ander geweldig artistieke toer? Wat heeft die reis naar Libanon je opgeleverd? Toen waren er maar een paar kranten in je foto's geïnteresseerd. Je leeft in een droomwereld, man. Misschien moet je alleen gaan wonen.'

Fjodr is woest en gooit zijn lege glas op de vloer. Met een scherpe tik barst het glas uit elkaar op de tegels. In stilte staren de twee naar de rommel.

'Nou, dat heb je mooi gedaan,' zegt Steffan sarcastisch. Hij bukt zich en raapt voorzichtig de scherven op.

Shoda voelt een brok in haar keel. Ze heeft zich nog nooit zo ellendig gevoeld. Gaan haar ouders uit elkaar? Wordt ze weer ergens gedumpt? Van de anderen in haar klas is meer dan de helft van de ouders gescheiden, maar zij heeft nooit gedacht dat haar vaders uit elkaar zouden gaan.

'Nou ja, zeg,' Fjodr grijpt naar zijn hoofd. 'Hadden we Shoda maar nooit geadopteerd, dan zou de wereld er veel overzichtelijker uitzien. Ik merk de laatste tijd dat ze zich voor ons afsluit. Sinds de Ardennen is ze alleen maar bezig met die nieuwe vrienden van d'r. Ze is even blij als ze weer nieuwe spullen krijgt, maar dat is het dan ook.'

'Je pakt het ook helemaal verkeerd aan. Je verwent Shoda, alsof ze van materiële dingen gelukkig wordt. Het gaat om aandacht, die geven we haar veel te weinig.'

'Precies,' zegt Fjodr. 'En daarom moet je dus niet naar Afrika voor die fotoreportage. Als je een kind hebt, kun je je eigen gang niet meer gaan. Dan moet je rekening met haar houden.'

Steffan zucht diep. 'Soms wou ik dat we er nooit aan begonnen waren.'

'Hoe bedoel je?'

'Sinds Shoda er is, ben ik mijn vrijheid kwijt. Alles was veel simpeler geweest, als we haar nooit hadden geadopteerd...'

Shoda kan de ruzie niet langer aanhoren. Ze stopt met

filmen en sluipt de trap op. Op haar kamer krijgt ze een paniekaanval. Ze heeft het gevoel dat de wereld vergaat, trekt de dekens half van het bed en gooit haar kleren in de lucht. Ze verbergt zich diep in haar dekbed en huilt zo intens dat ze bijna geen adem krijgt. Haar vaders willen haar niet en hebben er spijt van dat ze haar geadopteerd hebben. Ze kan maar beter weggaan. Dan zijn ze van haar af. Misschien worden ze dan wel gelukkig. Zelf weggaan is beter dan weer gedumpt worden. Ze stopt haar reservetelefoon in haar schoudertas.

Als een zombie daalt ze even later de trap af. Ze hebben nog steeds ruzie.

'Het is wel duidelijk,' zegt Steffan. 'Wij hebben elkaar eigenlijk niets meer te zeggen.'

'Misschien kunnen we beter uit elkaar gaan. Dat lijkt me het beste,' zegt Fjodr.

'Lekker makkelijk. En Shoda dan?' vraagt Steffan.

Fjodr reageert onverschillig. 'Los jij dat maar op.'

'Hoe kun je zoiets zeggen? Waar is het misgegaan? Wáár?!'

'We zitten vast in onze relatie, muurvast,' zegt Fjodr. 'En dat komt door dat kind!'

Dat kind! Nu is ze opeens 'dat kind'. Snikkend trekt Shoda de voordeur achter zich dicht. Haar ouders horen haar niet eens weggaan. Hun ruzie ontaardt in een nieuwe schreeuwpartij.

Shoda pakt haar fiets om weg te gaan. Ze weet niet

waarheen – maar ze móét. Nare gedachten doen pijn in haar hoofd. Haar vaders hoeft ze nooit meer te zien.

Ik wou dat ik er niet meer was, denkt ze.

Ze begint steeds harder te fietsen. Intussen begint het ook te waaien en te regenen. Na een poos rijdt ze door het park. Daar lopen drie dronken kerels. Ze waggelen als eenden zonder richtingsgevoel. 'Hé, meisje. Wil je ook bier?' lalt een man. Hij zwaait met een fles bier en heeft moeite om op de been te blijven.

'Ga je met ons mee?' vraagt een andere man.

'Barst toch!' roept Shoda. 'Drink er nog een paar.'

'Doe eens wat aardiger,' zegt de derde dronken man. 'Ik kan niet meer goed lopen. Mag ik bij jou achter op de fiets?'

Shoda wil doorfietsen, maar de man trekt aan haar bagagedrager. 'Toe dan, mag ik mee?'

Shoda heeft het gevoel dat de fiets door de ruk aan de drager bijna stilstaat. Ze bedenkt zich geen moment, springt van haar fiets en rent zo hard ze kan weg. Het interesseert haar niets wat er met haar fiets gebeurt. Ze wil weg van alle ellende, weg van haar ruziënde vaders, weg van die dronken mannen.

Urenlang dwaalt ze door de verlaten stad. Op een bankje bij een plein huilt ze aan een stuk door. Ze wil stoppen, maar dat kan ze niet. Het huilen gaat vanzelf.

Opeens komt er een jongen van een jaar of achttien naar haar toe. 'Gaat het een beetje?' vraagt hij.

Shoda veegt met haar mouw haar tranen weg en

strijkt haar haren uit haar gezicht. 'Donder toch op, man.'

'Sorry! Ik wilde alleen maar helpen, dan zoek je het maar lekker zelf uit.' De jongen is geïrriteerd en wil doorlopen, maar bedenkt zich. 'Wat doe je eigenlijk zo laat nog hier?'

Shoda haalt diep adem en kijkt tegen de jongen op. 'Ik ben weggelopen. Ik ga nooit meer terug. Mijn vaders willen me niet meer. Ze hebben constant ruzie om mij.'

'Wat vreselijk voor je,' zegt de jongen. 'Ik kan me jouw gevoel wel voorstellen. Ik was blij dat mijn ouders vorig jaar eindelijk uit elkaar gingen. Het liefst had ik toen de vlag uitgehangen. Op het laatst was het echt niet leuk meer. De borden en kopjes vlogen door de lucht. Echt, niet te filmen. Gelukkig gaat het veel beter met ze nu ze op zichzelf zijn gaan wonen.'

'En waarom ben jij nog op?'

De jongen wijst naar een appartement boven de drogist. 'Daar woont mijn vader. Hij was jarig vandaag en het was zo gezellig dat ik niet in de gaten had dat het al zo laat was. Nu loop ik terug naar mijn moeder twee straten verderop. Daar woon ik.' Hij denkt even na. 'Wil je met mij mee? Dan vraag ik aan mijn moeder of je op de logeerkamer mag. Dan kan zij misschien je ouders bellen, want die zullen best ongerust zijn.'

Shoda schudt haar hoofd. 'Nee, niet bellen. Ik kan niet meer naar ze terug en ik wil niet dat ze me komen halen. Echt niet. Ik vertrouw ze niet meer. Ik blijf hier.

Ik ga echt niet mee naar je moeder. Ik ken je nauwelijks.'

'Maar je kunt hier toch niet alleen op een bankje blijven zitten? Waar ga je dan slapen? En het is hartstikke koud.'

'Laat me maar.' Shoda haalt haar schouders op. 'Boeien. Ik wil alleen zijn.'

'Maar niet hier,' zegt de jongen. 'Het begint al te regenen.' Hij strekt zijn arm uit. 'Ga nou mee naar mijn moeder.'

Shoda schudt van nee. Ze kan niet goed nadenken. In een flits ziet ze de gebeurtenissen van de laatste uren aan zich voorbijgaan. Wat moet ze nu doen?

Als de jongen eindelijk weg is, staat ze op. 'Ik weet waar ik naartoe kan,' mompelt ze in zichzelf.

HOOFDSTUK 21

A-HA

Hij is terug! A-ha is terug!

A-ha: ik zag je op tv, gast. Niet normaal.

Dex kan wel juichen. Nu laat hij niet meer los.

Superman: zeg nou eindelijk wie je bent.
A-ha: beter van niet.
Superman: hou jij Shoda gevangen?
A-ha: hou effe op met die vragen. Wil je weten
waarom Shoda is verdwenen?

Duh, domme vraag.

Superman: tuurlijk.
A-ha: dan stuur ik je zo een filmpje dat Shoda
heeft gemaakt.

Dex vertrouwt het niet. Hij typt zo snel als hij kan.

> Superman: ze heeft geen filmpje opgenomen,
> haar telefoon lag thuis aan de lader.
> A-ha: kijk zo meteen nou maar een stukje.
> Superman: waarom niet het hele filmpje?
> A-ha: dat is te gevaarlijk.

Waar slaat dat nu weer op?

Voordat Dex kan reageren, komt er een video binnen. Hij start het filmpje en ziet beelden die vanuit een gang zijn gemaakt. Hij herkent de gang bij Shoda thuis. Door een halfopen deur ziet hij opeens haar ouders. Ze schreeuwen tegen elkaar. Dan is het filmpje afgelopen. Dex zucht diep en ramt weer op zijn toetsenbord.

> Superman: wat wil je nou eigenlijk?
> A-ha: volgens mij moeten jullie haar komen
> halen.
> Superman: tuurlijk. Daar zijn we al dagen mee
> bezig.
> A-ha: ze wil niet dat ik iets zeg, begrijp je? Dan
> raakt ze in paniek. Maar na de tv-uitzending van
> gisteren weet ik dat ik het toch moet doen. Je
> hebt gewoon gelijk, gast. Ik stuur je zo de locatie.
> Superman: yes! Maar ik heb straf en mag het huis
> niet meer uit.
> A-ha: dan bedenk je maar een oplossing. Zorg

dat je over een kwartier in het centrum van
Langdam bent. Daarna krijg je de locatie. O, ja:
kom alleen!

Meteen daarna gaat A-ha offline.

Het is al bijna half twaalf 's avonds. Dex doet zijn
slaapkamergordijn opzij, het is pikkedonker. Hij trilt
over zijn hele lichaam. Wat een raar verhaal, denkt
hij, straks word ik zelf ook ontvoerd. Wat een zooi. En
ik mag mijn vrienden niet eens inschakelen. Daarna
spreekt hij zichzelf moed in. Eens bang, altijd bang, dat
doet hij niet meer. Maar het is wel wennen. Ik ga gewoon, denkt hij. Hij moet wel. Dit is het contact waarop ze hadden gehoopt. Nu mag hij niet meer wegdui-
ken. Misschien kan hij Shoda bevrijden.

Hij sluipt zijn kamer uit en loopt langzaam de trap
af. De deur van de gang staat open. Hij ziet dat zijn
moeder zo laat nog door de kamer ijsbeert en in gesprek is met een van haar vriendinnen. Ze heeft het
over haar drukke baan. Daar kom ik niet ongezien
langs, denkt Dex.

Zachtjes loopt hij terug naar de slaapkamer. Hij
opent het raam. Er vlak naast is een regenpijp. Hij
lacht in zichzelf. Daar durfde hij laatst nog niet tegenop. Nu moet hij er wel vanaf. Hij gaat op de venterbank
staan, buigt zijn lichaam opzij en pakt de regenpijp stevig vast. Dan zwaait hij met zijn voeten, zodat ze tegen
de muur aankomen. Hij kijkt naar de grond en krijgt
een draaierig gevoel in zijn buik. Daarna gaat hij voor-

zichtig naar beneden. Dat viel best mee, denkt hij. Snel pakt hij zijn fiets.

Dex zoeft over de weg. De wind is guur en regendruppels tikken tegen zijn gezicht. Het fietspad dat via zijn wijk naar de stad loopt is niet verlicht. Telkens kijkt hij achterom of hij niet wordt achtervolgd. Gelukkig is niemand op dit tijdstip op de fiets onderweg. In de verte ziet Dex de verlichting van het centrum van Langdam.

Als hij zijn fiets bij De Bus neerzet, slaan de twijfels weer toe. Wat als hij gevangen wordt genomen? Dan weet niemand waar hij is. Hij voelt aan zijn broekzak. Daar zit zijn telefoon. Behalve Lucas, dan. Die kan hem traceren. Die gedachte stelt hem gerust. Het zou nog beter zijn als Lucas meegaat. Onmiddellijk verstuurt hij nog een appje en voordat Lucas kan antwoorden, krijgt hij de locatie door op zijn telefoon. Verrek, dat is hier vlakbij, denkt hij. Het is achter Albert Heijn. Nu snap ik waarom die gast A-ha als chatnaam heeft, denkt hij. Het zijn de initialen van Albert Heijn.

Als Dex voor de supermarkt staat twijfelt hij even. Ben ik hier wel goed? Rechts van de winkel loopt een stoep, links staan hoge struiken. Toch moet hij linksom. Dex kan zien dat er vroeger een pad liep. Na een meter of tien liggen de tegels schots en scheef en zijn ze begroeid met mos. Hij loopt voorzichtig over het pad, het is er erg donker. Hij pakt zijn telefoon en schijnt zichzelf bij. Terwijl hij met zijn andere hand takken wegduwt, krijgt hij spetters van de bladeren over zich heen. Hij moet uitkijken dat hij niet uitglijdt. Als er geen struiken meer staan steekt Dex zijn handen uit. Hij loopt tegen een muurtje aan. Nooit geweten dat hier achter de winkel nog een gebouwtje is. Voorzichtig schuift hij naar rechts. Wat is dit? Zijn hart gaat tekeer. Waar is hij?

Hij komt bij een oude deur die is afgesloten. Misschien moet hij toch maar terug naar huis gaan? Dan komt er een bericht binnen op Discord.

A-ha: ben je er al?
Superman: ja.
A-ha: rechts boven de deur is een kastje met een cijfercode. De code is 1887.

Dex gebruikt zijn telefoon weer als zaklamp. Er is inderdaad een kastje. Hij doet het klepje open en toetst de cijfers in. Voor het eerst voelt hij zich iets zekerder. Hij is nu vlakbij. Als hij gepakt wordt, laat hij zich dit keer niet op zijn kop zitten. Nooit meer. Wat denkt die A-ha wel niet?

Dex doet de deur open en op dat moment voelt hij een hand op zijn schouder. Het lijkt alsof zijn hart stilstaat, alsof hij ter plekke kapotgaat. Hij verstijft helemaal.

'Hé, gast, ik ben het, Lucas.'

Dex is nog nooit zo geschrokken. Hij draait zich om, is opgelucht en omhelst zijn vriend. 'Man, wat ben ik blij jou te zien,' zegt hij terwijl hij staat te trillen op zijn benen.

'Daar zijn vrienden voor.' Na de omhelzing slaat Lucas een arm om Dex' schouder. 'Kom, is Shoda hier?'

'Volgens mij wel.' Dan beseft Dex dat hij van A-ha alleen moest komen. 'Cool dat je me wilt helpen, maar dit moet ik alleen doen, dat heeft A-ha geëist. Ik wil Shoda niet in gevaar brengen.'

'Goed dan, maar ik blijf in de buurt.' Lucas blijft bij de deur staan. 'Als er iets misgaat, moet je gillen.' Hij balt zijn vuisten. 'Dan kom ik je redden.'

Dex voelt zich nu nog sterker. Op het moment dat hij in een smal steegje terechtkomt, springt een lamp aan. Aan het einde ervan staat een jongen van een jaar of achttien. Hij is anderhalve kop groter dan Dex.

'Ben je alleen?'

'Ja.'

'Ben je niet gevolgd? Want ze wil alleen jou zien.'

Dex denkt even na en wil niet liegen. 'Ik ben wel gevolgd, maar dat had ik niet in de gaten. Het is een goede vriend van mij. En van Shoda. Ik heb hem weggestuurd. Als je maar niet denkt dat ik bang voor je ben.' Hij voelt de adrenaline door zijn lijf stromen. Ook al is die andere jongen veel groter dan hij, toch voelt Dex geen angst. 'Heb jij Shoda gevangengenomen? Waar is ze? Zeg dan wat!'

'Ho, ho, rustig gast. Jeetje, kort lontje heb jij. Ik heb haar alleen maar geholpen. Kom mee.' Hij trekt een deur halverwege het gangetje open.

Dex gaat de ruimte in en haalt opgelucht adem.

Daar zit ze.

Op een oude stoel.

In elkaar gezakt.

Maar ze is er.

'Shoda!' roept Dex.

Ze ziet er slecht uit. Haar haren hangen in vette slierten langs haar spierwitte gezicht en ze kijkt hol uit haar ogen, alsof ze in de leegte staart. Van de stralende Shoda die hij kende is weinig meer over.

Ze staat op van de kruk, valt Dex in de armen en begint van blijdschap te huilen. 'Ik heb jou ontzettend gemist, en Lucas en jullie allemaal. Wat ben ik blij je te zien,' zegt ze met horten en stoten.

'Hoe ben je hier terechtgekomen?'

Ze legt uit dat ze ooit in de supermarkt een gesprek heeft opgevangen. De eigenaar vertelde aan de nieuwe bedrijfsleider de code van deze opslagruimte. Met die code kon ze hierin. 'Hier zat ik tenminste veilig. Maar ik kan niet meer terug naar huis. Nooit meer.'

'Maar waarom niet? Wat is er dan?'

'Mijn ouders willen me niet meer,' zegt Shoda. 'Ze willen van me af.'

'Wat een onzin, ze zoeken je juist. Ze maken zich zorgen om je.'

Shoda veegt langs haar ogen. 'Was het maar waar. Als ze dat zeggen, liegen ze.'

'Hoe kun je dat nou zeggen?'

'Dat zeg ik niet, dat zeggen zíj. Kijk maar!' Shoda

pakt haar schoudertas van de vloer en haalt haar telefoon eruit.

Dex is verbaasd. 'Hé, je telefoon was toch op je kamer?'

'Die was leeg, maar ik had nog een andere die voldoende was opgeladen.' Ze geeft haar telefoon aan Dex en start de video. 'Ze gaan me dumpen. Voor de tweede keer in mijn leven word ik gewoon op straat gezet.'

'Hè?' Dex is verbijsterd als hij de beelden van de ruzie tussen Shoda's ouders voorbij ziet komen. Hij begrijpt onmiddellijk waarom ze is weggelopen. Ze wilde niet wachten tot haar ouders haar naar een of andere instelling zouden brengen. 'Dit is zo erg!' zegt hij. 'Wat moeten we doen? Zullen we naar ze toe gaan?'

'Nee.' Shoda schudt resoluut haar hoofd. 'Ik kan niet meer terug, ik wil niet meer, nooit meer.'

'Ik snap goed dat je wegliep.' Hij geeft de telefoon terug aan haar. 'Wil je mij dit filmpje sturen?'

Shoda knikt en na enkele seconden komt het filmpje bij Dex in de app binnen. 'Wat ga je ermee doen?'

'Ik ga naar je ouders om het te laten zien.'

Shoda protesteert weer, maar als Dex aandringt vindt ze het toch een goed plan. Haar ouders moeten het zien, anders kan ze het nooit uitleggen.

Dex aarzelt niet. 'Blijven jullie hier?'

Shoda haalt haar schouders op. 'Waar moet ik anders naartoe?'

'Ik wacht wel tot je terug bent,' zegt de jongen.

'Supertof, A-ha, dat je voor haar hebt gezorgd. Hoe heet je eigenlijk?' vraagt Dex.

'Brian Simons.'

'Ik ben Dex van Hoog. En bedankt hè.'

Even later loopt Dex voorzichtig over het glibberige paadje naar zijn fiets. Voordat hij opstapt, kijkt hij het plein rond. Hij ziet Lucas niet meer. Wat raar. Langdam lijkt rond middernacht helemaal verlaten. Dex is blij dat hij heeft doorgezet. Hij ziet er nu niet tegen op om met het filmpje naar Shoda's ouders te gaan.

Na een kwartier fietsen komt hij aan bij de villa. Als hij het pad naar de voordeur op loopt gaat er automatisch een lamp aan. Voor de rest is het donker. Dex belt aan, maar er gebeurt niets. Hij blijft stug de bel indrukken.

Dan gaat er boven een raam open. Steffan buigt voorover om te kunnen zien wie er aan de deur is. 'Dex hier? O nee toch? Weet je iets over Shoda? Is ze gevonden?'

'Doe eerst de deur maar eens open.'

'Ja, ja, natuurlijk.'

Dex hoort dat Steffan zijn man met geschreeuw wakker maakt.

'Sta op! Dex is er. Er moet iets gebeurd zijn.'

Ze hollen de trap af in een joggingbroek en T-shirt. Steffan doet de deur open.

'Wat weet je over Shoda?'

Dex zucht diep. 'Mag ik eerst binnenkomen?'

'Zeker.' Steffan loopt voorop als ze de kamer in gaan. 'Ga zitten.'

'Nee, ik blijf liever staan.' Dex merkt dat het hem moeite kost om aardig te doen tegen de ouders van Shoda. Wat hebben ze haar aangedaan? Als mijn ouders zo negatief waren geweest over mij, zou ik ook weggaan en nooit meer terugkomen. Ouders snappen soms niks van kinderen. Soms liegen ze gewoon, tenminste deze twee wel.

'Vertel nou,' roept Fjodr op bijna smekende toon. 'Weet je iets over Shoda?'

Dex knikt en pakt zijn telefoon. 'Ik wil jullie een filmpje laten zien.'

'Een filmpje van Shoda?' Steffan trilt over zijn hele lijf.

Ze komen achter Dex staan. Die zet de volumeknop op maximaal en start daarna de video.

Steffan ziet meteen dat er vanuit de gang via de deuropening opnames zijn gemaakt. 'Heeft Shoda dit gefilmd?'

Dex knikt. De mannen zien en horen hoe ze ruzie met elkaar maken.

'Je geeft altijd kapitalen uit aan Shoda. Dat moet maar eens afgelopen zijn. Je verwent haar te veel. Dat is niet goed.'

Steffan slaat zijn handen voor zijn ogen. 'Heb ik dat echt gezegd? Nu ik dit zo zie, komt het veel harder over.'

'Hoe denk je dat Shoda zich heeft gevoeld?' vraagt Dex.

Er komt geen antwoord.

Dex laat het filmpje verder spelen. Ze luisteren naar hun stemmen.

'En ja, Shoda heeft veel aandacht nodig. Maar ja, dat krijg je. Jij wilde zo nodig een kind. Die adoptie heeft ons alles bij elkaar twintigduizend euro gekost.'

'Doe toch niet zo moeilijk, man. Ik verwen haar en jij gaat er gewoon vandoor.'

Dex drukt op de pauzeknop en zegt niets. Hij kijkt Steffan doordringend aan. Die schaamt zich dood.

'Op de telefoon komt het veel heftiger over dan in werkelijkheid. Echt waar.'

'Dat heb je al gezegd,' merkt Dex koeltjes op.

Fjodr is het niet met Steffan eens. 'We hadden echt knallende ruzie en gaven Shoda de schuld. Dat was niet eerlijk.'

'Het ergste moet nog komen,' zegt Dex. Hij zet de video weer aan.

Het fragment gaat verder met een zuchtende Steffan. 'Soms wou ik dat we er nooit aan begonnen waren.'

'Hoe bedoel je?' vraagt Fjodr.

'Dat we Shoda nooit geadopteerd hadden. Vanaf het eerste moment was ik mijn vrijheid kwijt. Alles was veel simpeler geweest als...'

Dex stopt het filmpje en speelt die laatste zin nog een keer helemaal af: 'Alles was veel simpeler geweest als we haar nooit hadden geadopteerd.'

Steffan houdt het niet meer. 'Hou op! Alsjeblieft, zet

dat ding uit! Ik wil de rest niet meer zien. Ik weet allang wat erna komt.'

De twee mannen staan aangeslagen naast elkaar. 'We hebben het diezelfde nacht nog goedgemaakt. We gaan helemaal niet uit elkaar.' Ze hebben besloten om in therapie te gaan, want het moet beter worden. Samen met Shoda willen ze eraan gaan werken.

'Doordat Shoda is verdwenen, beseffen we hoe belangrijk ze voor ons is.'

'Ja,' zegt Steffan. 'We hebben alles uitgepraat. Ik heb die hele buitenlandse reis uit mijn hoofd gezet. Aandacht voor Shoda en een goede band met haar opbouwen is veel belangrijker.'

'Maar Shoda wist dat niet,' zegt Dex, terwijl hij zijn telefoon in zijn broekzak steekt. 'Daarom is ze weggelopen.'

'Hoe weet je dat?' vraagt Fjodr.

'Omdat ik weet waar ze is. Ze heeft zich al die dagen ergens verstopt. Ik ben bij haar geweest.'

'Waarom is ze niet meegekomen?' vraagt Steffan. 'We hebben dagenlang in angst gezeten! We willen haar weer zien en knuffelen.'

'En het goedmaken met haar,' zegt Fjodr.

Dex schudt zijn hoofd. 'Shoda durft niet thuis te komen. Wat denk je? Als mijn ouders zoiets zouden flikken, zou ik ook in paniek raken. Serieus. Ze wil dat jullie naar haar toe komen. Gaan jullie mee? Dan kunnen we het uitpraten. Maar dan moeten jullie wel naar haar luisteren.'

HOOFDSTUK 22

KLEM

Steffan pakt zijn autosleutels. 'Kom, we rijden zo snel mogelijk naar haar toe.'

Dex zit achterin en is blij dat hij een gordel om heeft. Steffan rijdt als een bezetene. Aangezien het al diep in de nacht is, is er verder geen verkeer op de weg. Al vlot scheurt hij het plein bij de supermarkten op. Snel stappen ze uit.

'Ik loop wel voorop,' zegt Dex, 'volg me maar.' Bij het donkere paadje duwt hij de takken weer opzij en schijnt hij met zijn telefoon naar voren.

Steffan heeft niet in de gaten dat de tegels door het natte mos spiegelglad zijn. Hij glijdt uit en komt met een klap op de grond terecht. 'Ook dat nog,' moppert hij.

Net goed, denkt Dex.

Fjodr trekt hem overeind. 'Liefie toch, hou mijn hand maar vast.'

Nou, ze vinden elkaar in elk geval weer lief, denkt Dex. Als ze dat ook tegen Shoda kunnen zeggen, lost dat misschien iets op.

Bij de deur toetst hij de code in en gaat naar binnen. Hoewel het gangetje smal is, wurmen Steffan en Fjodr zich langs hem heen.

'Shoda, lieverd!' roept Steffan.

'Waar ben je?' vraagt Fjodr.

Dex doet de deur open, maar de ruimte waar Shoda eerder was, is leeg.

'Ze is er niet. Hou je ons voor de gek?' vraagt Fjodr.

'Nee, echt niet. Ze was hier, ik zweer het. Ik heb haar zelf gezien en gesproken. Ze heeft me het filmpje laten zien en naar mij door geappt. Ze was hier samen met een oudere jongen.' Dex is zich lam geschrokken. 'Waar zijn ze?' Hij denkt na en beseft dat hij het nummer van Shoda's reservetelefoon heeft omdat ze hem heeft geappt. Hij belt haar. Geen antwoord. Dan belt hij Lucas.

'Hé, gast. Je weet hoe het werkt. Spreek maar iets in. Ik beloof niet dat ik terug...'

'Voicemail.' Dex baalt. Straks moeten ze niet alleen op zoek naar Shoda, maar ook naar Lucas. En waar is die andere jongen? Heeft hij ze alle twee ontvoerd? 'Wat kan er allemaal gebeurd zijn?'

'Ik bel de politie,' zegt Fjodr. Maar als hij zijn telefoon pakt, wordt er gebeld. 'Het is een onbekend nummer.'

'Neem nou op, man,' zegt Steffan ongeduldig.

Fjodr zet zijn telefoon op speaker. 'Hallo, met Fjodr Dacowiec?'

'Hallo, met Daan van Wezel, de vader van Lucas.'

'Weet u iets over Shoda?'

'Ja, ze is bij ons,' zegt Lucas' vader.

'Hoe kan dat?' vraagt Steffan. 'Wat is er aan de hand? Ik word gek!'

'We komen er meteen aan,' zegt Fjodr. 'Wat is het adres?'

Lucas' vader geeft het adres door. 'Maar ik moet jullie wel vragen een beetje voorzichtig met haar te zijn, want ze is gewoon bang om jullie weer te zien. Ze is erg verdrietig, ze huilt steeds en ze weet niet hoe jullie zullen reageren.'

Steffan buigt zich voorover naar de telefoon. 'Snap ik. Het is niet haar schuld. Wij waren heel fout bezig. We willen het graag weer goedmaken.'

Fjodr is het met zijn man eens. 'We hebben er alles voor over om Shoda weer terug te zien. Ze hoort bij ons, ze is een van ons. We kunnen niet zonder haar.'

Dex zit even later weer achter in de auto. Hij is opgelucht dat Lucas Shoda mee naar huis heeft genomen, want de situatie in dat hok was ook niks. Bij Lucas thuis is het hopelijk een beetje normaal. Dat kunnen ze wel gebruiken.

Steffan rijdt zo hard dat Dex er misselijk van wordt. Als ze bij het huis van Lucas zijn, springen ze snel uit de auto. De ouders van Lucas wachten al bij de voordeur. Steffan en Fjodr willen onmiddellijk doorlopen naar binnen.

'Niet zo gauw,' zegt de vader van Lucas.

'Waarom? Doe niet zo raar. Ga opzij!'

'Dit is ons huis en hier bepalen wij wat er gebeurt. Anders niet. Jullie kunnen niet zomaar naar binnen stormen,' zegt hij. 'Daarvoor is Shoda veel te kwetsbaar.'

'Jullie mogen ons helemaal niet weghouden bij onze dochter!' roept Fjodr. Hij is boos, gefrustreerd en vooral pijnlijk geraakt. Dat laat hij merken ook. Zijn emoties gaan alle kanten op. Maar wat hij ook zegt, de ouders van Lucas blijven de ingang blokkeren.

'Shoda moet zich veilig voelen,' zegt de moeder van Lucas. 'Dat is het allerbelangrijkste. En ik vind dat jullie daar als ouders niet aan bijdragen.' Ze is fel. 'We hebben dat filmpje gezien en het is niet normaal wat jullie daar zeggen. Misschien moeten we er een onafhankelijke deskundige bij halen, die weet wat het beste is om te doen in zo'n situatie.'

'Of misschien zelfs de kinderbescherming,' zegt haar man. De verontwaardiging klinkt heel duidelijk door in zijn stem.

Daarmee is het hek van de dam. Steffan en Fjodr reageren woedend. De kinderbescherming is wel het allerlaatste wat ze willen. Nu zouden ze juist heel rustig moeten blijven en laten zien dat ze redelijk zijn, maar in plaats daarvan winden ze zich steeds meer op.

Opeens staat Dex tussen vier ouders die het totaal

niet met elkaar eens zijn en die dat over zijn hoofd willen uitvechten. Hier hoor ik niet bij, denkt hij. Hij duikt tussen Lucas' ouders door en schiet naar binnen, door de gang naar de keuken achter in het huis. Daar zitten Shoda en Lucas naast elkaar aan tafel. Shoda kijkt verschrikt op. Haar ogen zijn zo groot dat het lijkt alsof ze elk moment uit haar hoofd kunnen vallen.

'Wat is dit? Wat gebeurt hier?' vraagt Dex.

'Weet ik veel,' zegt Lucas. 'Mijn ouders zijn ontzettend geschrokken. Ze willen het goed doen, ervoor zorgen dat Shoda niet weer in de shit komt. Maar gast, ik weet niet of dit goed gaat. En naar mij luisteren ze niet.'

Dex gaat tegenover hen zitten. 'En jij?' vraagt hij aan Shoda. 'Wat wil jij dan?'

HOOFDSTUK 23

SPOREN VINDEN

Shoda schudt haar hoofd. 'Ik weet het niet,' zegt ze. 'Ik ben zo bang.' Alles van de afgelopen dagen knalt in haar hoofd als een soort kettingbotsing op elkaar. Ze ziet alleen maar alles kapotgaan en ze is bang dat ze iets verkeerd zal doen waardoor het nog erger wordt.

Dex komt naast haar staan. 'Weet je nog in de grot?' vraagt hij. 'Weet je nog dat we daar compleet de weg kwijt waren?'

Ze knikt, tranen op haar wangen.

'En weet je nog dat jij degene was die onze sporen vond zodat we de weg terug naar de uitgang konden vinden? Dat was jij. Jij zag het.'

Dat herinnert ze zich. In het donker, met alleen het licht van de telefoons die al bijna leeg waren, zag zij opeens een spoor. Ze zag een soort kuiltje in de grond waar iemand met de hiel van zijn schoen had gestaan.

En zodra ze dat had gezien, zag ze ook andere sporen en viel alles weer op zijn plaats. Toen herkende ze allerlei details en vonden ze de weg terug. Ze zag het in haar hoofd, dat was het mooie. In de grot was het hartstikke donker, daar was nauwelijks iets te zien. Maar als je het in je hoofd ziet, heb je maar heel weinig licht nodig. Dan zit het licht vanbinnen.

'Dat moet je nu weer doen,' zegt Dex. 'Zoek het spoor terug. Jij kunt dat.'

'Maar hoe dan?'

Terwijl ze koortsachtig nadenkt, hoort ze de vier ouders steeds harder ruziën. De vader van Lucas probeert de deur dicht te doen en ze hoort hoe haar eigen ouders zich daar luidkeels tegen verzetten.

'Ik moet naar ze toe,' zegt ze. Ze voelt haar hart bonzen in haar keel. Aarzelend staat ze op. 'Maar dan moeten jullie wel met me meekomen.'

Lucas en Dex gaan aan weerszijden van haar staan en tussen haar vrienden in loopt ze door de gang, naar het kabaal, tot ze vlak achter de ouders van Lucas staat. Ze hebben het niet eens in de gaten.

'Mam! Pap!' zegt Lucas.

'Niet nu,' reageert zijn vader opgewonden.

Dan wurmt Shoda zich tussen hen door tot ze haar eigen ouders ziet en iedereen acuut zijn mond houdt.

'Shoda,' zegt Steffan.

'Liefje,' zegt Fjodr.

'Wat doe je?' vraagt de moeder van Lucas.

Shoda zegt niets, ze kijkt alleen maar. Ze zoekt het

spoor terug. Hoe? Waar? 'Dit wil ik niet,' zegt ze dan.

'Zie je wel!' roept de vader van Lucas. 'Ze wil het niet, ze wil niet met jullie...' Verder komt hij niet.

Shoda stampt met haar voet. 'Nee, nee, nee!' schreeuwt ze. Ze voelt dat ze in paniek raakt. Waarom begrijpt iedereen haar verkeerd? 'Luister nou! Ik wil niet dat jullie ruziemaken. Als jullie zo tegen elkaar schreeuwen, dan hoor ik niets meer en zie ik niets meer. Dan hoor ik alleen maar dat jullie me niet meer willen.' Dex heeft gelijk, zij moet het zien, zij moet het vinden. Maar zo lukt dat niet.

HOOFDSTUK 24

DE LEUGEN

Ze staan in de woonkamer. Lucas heeft een arm om Shoda heen geslagen. Steffan en Fjodr staan te snikken en even weet niemand wat ze moeten doen. 'Wees voorzichtig,' zei de vader van Lucas. Dus dat doen ze.

'Die ruzie van ons was echt waardeloos,' zegt Steffan.

'We hebben er heel veel spijt van,' zegt Fjodr. 'Het had nooit mogen gebeuren.'

Stapje voor stapje leggen ze uit wat er is gebeurd en dat hun ruzie alleen maar over hen gaat, niet over haar. En dat ze dan soms dingen zeggen waarmee ze elkaar willen raken. Zij wordt daar dan het slachtoffer van.

Ze praten en vertellen en al die tijd staat Shoda roerloos naast Lucas. Ze doet haar ogen dicht en wacht.

Niemand weet waarop. Dex denkt dat ze in haar hoofd het spoor terug probeert te zien. Hoe langer de stilte duurt, des te sterker hij dat denkt. Maar er is ook iets wat hem nog steeds dwarszit. Terwijl Shoda nadenkt, besluit hij toch zijn vraag te stellen.

In het begin, toen Shoda net verdwenen was, hebben haar ouders tegen de politie en iedereen gezegd dat Shoda op school werd gepest. Dat was gelogen. Het was één grote leugen. 'Waarom hebben jullie dat toen gezegd?' vraagt hij. 'Waarom hebben jullie gezegd dat ze werd gepest? Dat is gewoon niet waar.'

Steffan en Fjodr voelen zich betrapt en even weten ze niet wat ze moeten zeggen. 'We durfden niets te zeggen over onze ruzie,' zegt Steffan dan.

'We waren bang dat mensen rare dingen over ons zouden denken,' zegt Fjodr.

'Dat we geen goede ouders zijn.'

'Dat we niet te vertrouwen zijn.'

'En dus zei ik het eerste wat in me opkwam,' gaat Steffan verder. 'Eigenlijk om ons achter te verbergen. Dat was ook fout, daarmee hebben we het niet makkelijker gemaakt. Maar ik dacht ook echt dat onze ruzie er niets mee te maken had. We dachten dat het alleen tussen ons tweeën was. Wij konden ook niet weten dat Shoda juist daarom was weggelopen.'

'Dit is echt alleen onze schuld,' zegt Fjodr. 'En we willen alles doen om dat recht te zetten. Om het goed te maken. We willen het zelfs op tv toegeven.'

Opeens stapt Shoda naar voren. Ze lijkt te weten

waar ze heen moet. Ze schudt haar hoofd. 'Ik wil niet dat jullie op tv komen, dan weet het hele land ervan. Daar hebben ze niets mee te maken. Als jullie het goed met mij uitpraten is het voldoende. Maar ik wil wel dat jullie het hardop zeggen. Hier. Waar Lucas en Dex bij zijn.'

'Wat?' vraagt Fjodr. 'Wat moeten we zeggen?'

'Wat je die avond zei. Want dat is het, je zegt iets om je achter te verbergen en dan raak je de weg kwijt. Dat is wat er is gebeurd. En als we terug willen, moeten we onze voetstappen terug volgen en dan moet je erdoorheen.'

Het dringt tot Steffan door wat ze bedoelt en hij weet dat ze gelijk heeft. Met tranen in zijn ogen herhaalt hij zijn eigen woorden. Nu hij hardop tegen haar zegt dat ze haar beter niet hadden kunnen adopteren, voelt hij pas hoe onbeschrijflijk veel pijn het doet. Halverwege de zin hapert hij, hij kan de woorden bijna niet uit zijn mond krijgen. Toch moet het, hij moet het zeggen. Voor haar.

Als hij klaar is, komt Shoda naar hem toe. 'Nu weet je wat ik voel,' zegt ze. 'Begrijp je me nu?'

De ouders van Lucas zijn opgelucht. Zijn moeder zet een pan soep op en zijn vader maakt tosti's. Fjodr neemt contact op met de politie om te vertellen dat Shoda gevonden is en veilig is.

Ze blijven die avond nog lang bij Lucas thuis. Met de soep en de tosti's komt iedereen langzaam maar ze-

ker een beetje op adem. Ook op Shoda's gezicht is weer
een kleine lach te zien.

HOOFDSTUK 25

DE KRING HERSTELD

Eindelijk zijn ze weer met z'n allen bij elkaar. Ze zitten in De Bus en zijn zo opgelucht dat ze bijna opstijgen.

'Wat een rollercoaster was dit, zeg!' roept Oscar.

'Voor ons wel,' zegt Isabel. 'Wij hebben altijd wat!'

Ze juichen.

'Is er hier een feestje aan de gang?' Opeens staat Brian naast ze.

'Hé, mister A-ha!' zegt Dex.

'Ik dacht wel dat ik jullie hier kon vinden.' Brian kijkt naar Shoda. 'Blij te zien dat je weer gewoon bij je vrienden bent. Hier, ik heb wat meegenomen om het te vieren. Cadeautje van alle vakkenvullers.' Hij zet een doos met blikjes energydrink en snacks neer. 'Voor jou zit er ook een smoothie tussen,' zegt hij tegen Isabel. 'Shoda vertelde me erover.'

Weer juichen ze. Terwijl Brian afscheid neemt,

graaien ze in de doos en is het feest pas echt begonnen.

Lucas kruipt dicht naast Shoda en vraagt of het weer oké is thuis. 'Nu wel, ja. Door die ruzie tussen mijn ouders raakte ik in paniek. Ze zullen het wel niet zo bedoeld hebben, maar zo'n ruzie komt bij mij echt zo hard binnen. Ik denk dan aan vroeger, in het weeshuis. En ben bang dat mijn ouders uit elkaar gaan en de wereld vergaat. Dan zie ik niets meer zitten. Ik ben ook zo'n rare.'

'Nee joh, helemaal niet,' zegt Lucas. 'Ik vind je juist lief.'

Shoda lacht eindelijk weer eens voluit. 'Dank je.'

Lucas lacht terug en geeft haar een knipoog.

Lucas voelt zich altijd goed als Shoda in de buurt is. Net als Dex met Isabel.

'Zullen we weer in de kring elkaars handen vasthouden?' stelt Isabel voor.

'Goed,' zegt Dex. Hij zorgt ervoor dat hij naast haar komt te zitten. Zijn andere hand geeft hij aan Lucas.

Om beurten vertellen ze wat ze de afgelopen dagen het engst vonden. Als Shoda aan de beurt is, beseft ze hoe hecht hun groep eigenlijk is. 'Ik was zo met mezelf bezig. Ik besefte helemaal niet dat ik jullie zoveel verdriet heb aangedaan. Achteraf was ik zo stom.'

'Je bent helemaal niet stom,' zegt Lucas.

'We kunnen er wel van leren,' zegt Kaan. 'Dat we beter op elkaar moeten letten. Toch?'

Daar zijn ze het allemaal mee eens.

'Waarom heb je niets gezegd?' vraagt Kaan aan Shoda. 'Ook niet tegen ons? Zo wisten wij ook niet wat er aan de hand was.'

'Omdat...' begint Shoda en dan hapert ze, alsof ze niet weet wat ze moet zeggen.

'Omdat het soms best eng is,' zegt Oscar opeens. 'Als je het niet durft te zeggen, wat moet je dan?'

Dat is een moeilijke vraag, iedereen begrijpt wat hij bedoelt.

'Ik heb dat weleens,' zegt Oscar. 'Dat ik iets wil zeggen, maar het toch niet doe omdat ik het niet durf.'

'Je moet in elk geval niet liegen,' zegt Dex.

'En als je er niet uitkomt, kun je het misschien zingen,' zegt Kaan en heel zachtjes begint hij te zingen. Een zacht liedje dat alle kanten op lijkt te draaien. Zijn stem lijkt zich om hen heen te wikkelen.

Poeh, denkt Dex, als je toch zo kunt zingen dan hoef je niets meer te zeggen.

'Oké, en dan nu allemaal even stil en ogen dicht,' zegt Isabel. 'Denk aan hoe mooi het nu is en aan alles wat we nog samen gaan meemaken.'

Iedereen knikt.

Na een paar minuten voelt Dex dat Lucas zijn hand wegtrekt. Heel stiekem opent Dex zijn ogen een beetje, zodat hij tussen zijn wimpers door kan kijken. Hij ziet dat Shoda en Lucas elkaar nu met beide handen vasthouden. Man, wat is die gast blij.

Net als ik, denkt Dex. Hij voelt de warmte van Isabels hand.